Voyageur malgré lui

DU MÊME AUTEUR

La Princesse et le Pêcheur, Actes Sud, 2007 ; Babel, 2009 (Prix Gironde - Nouvelles Écritures 2008)

Le Lac né en une nuit et autres légendes du Vietnam, Actes Sud « Babel », 2008

La Double Vie d'Anna Song, Actes Sud, 2009 ; J'ai Lu, 2011 (Prix Drouot, Prix Pelléas, Prix de l'Asie, Prix des lecteurs du Salon Livres et Musiques de Deauville)

Comment la mer devint salée, conte illustré par Vanessa Hié, Actes Sud Junior, 2011

Minh Tran Huy

Voyageur malgré lui

roman

Flammarion

L'auteur a bénéficié pour ce livre
d'une bourse du CNL.

ISBN : 978-2-0813-3356-7

Pour Paul et Alexandre

Quelque part, je suis étranger par rapport à quelque chose de moi-même ; quelque part, je suis « différent », mais non pas différent des autres, différent des « miens » : je ne parle pas la langue que mes parents parlèrent, je ne partage aucun des souvenirs qu'ils purent avoir, quelque chose qui était à eux, qui faisait qu'ils étaient eux, leur histoire, leur culture, leur espoir, ne m'a pas été transmis.

Georges PEREC, *Ellis Island*

ALLERS

Tout a commencé à New York, au début du mois d'août 2012, alors même que je pensais que tout venait de s'achever. Je me promenais dans un ancien lycée réaménagé en galerie d'art contemporain, quelque part dans le Queens. Des amis partis en voyage m'avaient prêté leur appartement près de Union Square ; j'avais posé mes valises, dormi quelques heures pour me remettre du vol depuis Paris, et je m'étais levée, prête à quadriller les lieux – ce que je faisais depuis quatre jours à présent. L'été avait transformé la ville en fournaise à ciel ouvert et je m'étais mise à courir les musées comme d'autres les magasins : MoMA, Frick Collection, Neue Galerie, Met, Guggenheim, Whitney... J'enchaînais les visites sans m'accorder aucune pause, ou presque, pour échapper à la chaleur, mais aussi parce que je me sentais bien dans ces lieux clairs et feutrés ; à la fois ailleurs et chez moi, à l'abri du monde en tout cas. Ils avaient toujours constitué des refuges au milieu des constants déplacements qui ponctuaient ma vie. Non que celle-ci fût particulièrement aventureuse : j'enregistrais des sons pour une agence de création sonore. On les retrouvait dans des publicités, des émissions de radio, des téléfilms, des courts et des longs-métrages. Je recevais des listes de thèmes classés par ordre alphabétique, avec des instructions (captation de près ou de loin, avec telle variation dans les effets, sur telle durée, pour tel usage) ou pas d'instructions du tout, ce qui me laissait libre alors d'improviser. J'avais enregistré les cloches des églises et cathédrales dans à peu près tout ce que la France compte de villes et de villages, le souffle régulier des moulins brassant l'air dans des coins perdus de Hollande, le brouhaha des conversations dans des cafés anglais, italiens, allemands, russes, japonais. La mer fouettant rageusement la grève ou se brisant dans un soupir, le vent murmurant dans des forêts de bouleaux, de pins, de cyprès et de séquoias, la pluie tombant sur des toits d'ardoise, de zinc, de chaume, frappant le bitume des rues de Londres et de Paris, la carrosserie d'un car Greyhound en partance pour Boston, les trottoirs de Saigon inondés par la mousson, une cour de Toscane où avait été oublié un drap mis à sécher. Je promenais mon matériel au milieu des festivités d'un carnaval vénitien ou dans un champ enneigé de la Nouvelle-Angleterre, attentive au sourd crissement de mes pieds s'enfonçant dans la compacte blancheur. Je pouvais passer plusieurs jours à dresser la cartographie sonore d'une région pour la découper et la désosser ensuite en fragments que l'agence archivait dans son catalogue.

J'aimais mon métier, heureuse de ne pas avoir à me morfondre entre quatre murs, même s'il m'arrivait de me sentir désorientée – comme si mon esprit peinait à suivre le rythme de mon corps. Les musées étaient peu à peu devenus des repères, des points d'ancrage au sein du mouvement perpétuel qui portait mes pas. Ils me permettaient de me concentrer sur autre chose que sur les bruits du monde. J'y évoluais comme dans un cocon, sans pour autant avoir l'impression d'y être enfermée, chaque peinture, tableau, sculpture constituant un univers en soi ; c'est ce que m'avait dit un jour mon père, qui m'en avait transmis le goût comme il m'avait transmis ses yeux noirs et son naturel timide, sa distraction. Il n'était pas un grand connaisseur en matière d'art – la première partie de son existence avait été tout entière vouée au travail –, mais cela avait toujours été pour lui un objet de curiosité. Quand le petit campagnard vietnamien qu'il était s'était mué, au fil du temps et des études, des épreuves aussi, en un ingénieur français capable de subvenir aux besoins de sa famille, il avait commencé de pousser la porte de ces temples de la culture. Ils étaient autant de labyrinthes où il tâchait de trouver son chemin traçant sa route avec cette tranquille obstination qui lui avait permis de surmonter des fléaux qui, pour moi, n'étaient que des mots : la pauvreté, la maladie, la guerre. Son quotidien du temps où il vivait au Viêtnam, dont seul l'exil l'avait sauvé.

D'une exposition à l'autre, il s'était immergé dans les différents courants artistiques comme dans les affluents d'un fleuve, naviguant du gothique à la Renaissance, du classicisme au romantisme, de l'impressionnisme au cubisme, à l'expressionnisme, au surréalisme, mettant tous ces mouvements en relation les uns avec les autres afin d'observer le dialogue des artistes par-delà les siècles et la variété infinie des réponses qu'ils avaient données aux mêmes éternelles questions. Arrivé à l'âge de la retraite, il avait pris des cours et acheté du matériel – toiles, papiers, pinceaux, crayons, fusains, gouaches, aquarelles. Il était devenu un copiste doué, dont les tableaux avaient peu à peu recouvert les murs du pavillon de banlieue où ma sœur et moi avions grandi, une grande maison en meulière au sud de Paris. Face aux protestations de ma mère, fatiguée de trébucher sur des cadres mal rangés, il répliquait sur un ton d'excuse : « Quand j'arrête de dessiner, mes mains tremblent. » Et c'était vrai. Ses mains fines aux longs doigts de pianiste – des mains dont on n'aurait jamais cru qu'elles étaient originellement destinées à pousser la charrue, récolter le riz, construire des clôtures – se contractaient malgré lui s'il les laissait trop longtemps loin du carton à dessin. Il prenait un plaisir joyeux, sensuel, au choix des matériaux, au mélange des couleurs, aux mouvements qu'il imprimait au crayon ou au pinceau sur le papier. Un plaisir tel qu'il n'imaginait plus vivre sans, qu'il ne *pouvait* plus vivre sans. Et je prenais plaisir à son plaisir, j'adorais voir mon père à sa table ou devant son chevalet, le geste souple et le visage concentré ;

réconfortée par l'idée que cet homme, qui, toute son existence, s'était consacré aux siens – au prix de tant de fatigue et de soucis –, avait fini par trouver la paix.

J'ai visité beaucoup de musées avec mon père. Peu diserts l'un et l'autre, contrairement à ma mère et à ma sœur, qui monopolisaient la parole lors des repas de famille, nous aimions parcourir sans dire un mot les allées d'une exposition. Le dernier plasticien que nous avons découvert ensemble, Josiah McElheny, architecturait de délicates installations de verre, jouant des paradoxes d'une matière à la fois fragile et dure, insaisissable et figée, éclatante et neutre. L'une d'entre elles, constituée d'une vingtaine de fioles cristallines alignées sur deux étagères de bois, *La Théorie des larmes*, était assortie d'étiquettes dactylographiées. Celle de gauche indiquait que, dans l'Antiquité, on avait coutume, lors des enterrements, de recueillir les larmes des endeuillés dans ces flacons, qui étaient ensuite déposés sur la poitrine des défunts pour les accompagner dans leur ultime voyage. Celle de droite affirmait que lesdits flacons avaient autrefois contenu des onguents et des huiles cosmétiques et qu'ils étaient si indissociables de leurs propriétaires qu'ils suivaient ces derniers jusque dans leur cercueil. D'un côté une légende romantique, romanesque même, à laquelle j'avais aussitôt adhéré, de l'autre une explication utilitaire, logique, qui correspondait davantage à la tournure d'esprit de mon père. McElheny les avait mises sur le même plan, sans qu'on sût s'il s'agissait des hypothèses sérieuses de spécialistes, ou si elles étaient le fruit de sa seule imagination. Les fioles pouvaient aussi bien être des copies de pièces authentiques que de pures créations. Leur vide diaphane semblait un appel à les investir, à leur donner une histoire, un poids. La « théorie des larmes » leur conférait une émotion et une poésie sans lesquelles elles n'auraient été qu'une rangée de contenants dépourvus de contenu. Cette œuvre m'avait plu parce qu'elle exprimait ce que j'espérais des artistes – qu'ils dotent les choses d'un sens, quitte à l'inventer. Mon père en avait une interprétation opposée : pour lui, elle soulignait la relativité du savoir et de l'emprise des hommes sur le monde, dont le mystère resterait toujours aussi lisse et impénétrable qu'une cloche de verre. S'il était surtout attaché aux qualités esthétiques des œuvres et à l'habileté technique des artistes, j'en attendais, pour ma part, une forme d'éveil, de révélation, quelque chose comme une étincelle jaillissant du frottement de deux silex. J'aimais les considérer comme des systèmes à décoder, des énigmes à déchiffrer, des boîtes à secrets dont il fallait découvrir la clef, alors que mon père était un amoureux de la beauté, qui lui apparaissait comme une consolation.

Mon père n'était pas avec moi en ce début d'été. Mais le souvenir de sa présence m'accompagnait tandis que j'allais et venais dans l'ancien lycée du Queens. Je l'imaginais détaillant d'un air dubitatif les pièces exposées – une montagne de confettis multicolores empilés derrière une vitre, un ventilateur suspendu à côté d'un fer à repasser, plusieurs dizaines de bonbonnes de gaz placées en quinconce, un aquarium où flottaient des ballons de basket. Sans doute n'aurions-nous eu qu'à échanger un sourire pour nous inciter mutuellement à quitter la galerie : mon père était bienveillant, mais il n'aimait pas perdre son temps. Je me suis malgré tout attardée, préférant me promener d'une salle à l'autre plutôt que de retrouver les températures étouffantes du dehors. Il faisait bon, l'endroit était désert, mes jambes légères sous ma robe d'été. Je n'avais rien de prévu, après tout. Pas de mission cette fois, personne à qui rendre visite durant ces dix jours que je m'étais entièrement réservés, loin de ma famille et de mes amis, avec le désir de sillonner New York en tous sens – sans vraiment savoir ce que je cherchais à part l'ivresse de marcher au hasard et l'oubli des réalités que j'avais laissées à Paris.

Au détour d'un couloir, l'installation d'une Américaine – un tapis de terre recouvrant presque entièrement le sol d'une salle – a fini par attirer mon regard. C'est surtout son titre, *Homage to Albert Dadas*, et l'étrange destin de l'homme qui l'avait inspirée, résumé en une dizaine de lignes imprimées sur le mur, qui ont retenu mon attention.

> Ouvrier gazier français, Albert Dadas (1860-1907) est né à Bordeaux, mais a passé la majeure partie de sa vie loin de chez lui. (…) Souffrant de *dromomanie* ou « folie du fugueur », il entrait dans des états de transe semi-somnambulique qui lui faisaient tout quitter pour voyager avec frénésie, généralement à pied. Il se retrouvait régulièrement dépouillé de tout et emprisonné dans des cités lointaines, sans jamais pouvoir expliquer comment il était arrivé là. Il a été le premier cas officiel de « tourisme pathologique », maladie qui a fleuri en épidémie dans toute la France à la fin du XIXe siècle, puis qui s'est propagée en Italie et en Allemagne, avant de s'éteindre après une vingtaine d'années.

On expliquait que dès qu'une ville ou un pays était mentionné dans la conversation, Dadas était saisi de l'irrésistible besoin de s'y rendre et qu'il avait ainsi gagné l'Algérie, la Pologne, la Russie et la Turquie.

Qu'importaient ses devoirs et obligations, la vie qu'il s'était bâtie pendant un mois ou un an, les liens qu'il avait tissés, il partait tout à trac, cédant aux séductions de l'ailleurs sans même en avoir conscience.

Je suis demeurée longtemps immobile devant ce texte, absorbée par la pensée de cet homme qui, toute son existence, n'avait eu d'autre choix que de s'en aller, encore et encore. Cette condamnation à errer sans jamais pouvoir s'arrêter, ni trouver le repos, avait quelque chose d'infiniment triste. Je me demandais ce qu'il était advenu de lui. Quelqu'un avait-il élucidé le mystère de sa « dromomanie » ? Avait-il suivi un traitement et réussi à guérir ? Ou bien avait-il disparu en solitaire, au détour de l'une des centaines de routes qu'il avait empruntées vers une nouvelle destination, un nouveau mirage ? Tournant et retournant ces questions dans ma tête, j'ai pris en photo le mince paragraphe dévolu à l'ouvrier fugueur, puis quitté la galerie et ses briques décorées de tags avant de m'engouffrer dans le métro new-yorkais.

Je voulais savoir ; c'était comme une nécessité, que j'avais toutefois du mal à m'expliquer. Sitôt rentrée dans l'appartement de mes amis, je me suis installée au bureau, j'ai allumé mon ordinateur et lancé une recherche sur Albert Dadas. Un lien n'a pas tardé à surgir, qui donnait accès à une copie numérique de la thèse d'un certain Philippe Tissié – le médecin d'Albert, celui qui en avait fait la figure de proue du « tourisme pathologique », apportant à l'un comme à l'autre une notoriété certaine, bien qu'éphémère.

Daté de 1887, le mémoire portait un titre inhabituellement poétique, *Les Aliénés voyageurs*, et commençait un peu comme une nouvelle de Maupassant ou de Marcel Aymé : « Un matin du mois de juillet de l'année dernière, étant entrés dans le service de clinique de notre maître M. le professeur Pitres, nous aperçûmes un jeune homme de vingt-six ans environ, pleurant et se désolant sur son lit d'hôpital. Il arrivait d'un long voyage fait à pied, il était fatigué, mais la fatigue n'était pas la cause de ses larmes. Il ne pouvait s'empêcher de partir quand le besoin l'en prenait ; alors saisi, captivé par un désir impérieux, il quittait famille, travail, habitudes et allait tout à coup devant lui, marchant vite, faisant soixante-dix kilomètres à pied dans la journée, jusqu'à ce que enfin il fût arrêté comme vagabond et mis en prison. » Puis le docteur décrivait et analysait de manière détaillée les symptômes hors normes de son patient. S'appuyant sur de nombreux entretiens avec le malade, ainsi que sur diverses archives obtenues auprès de médecins de l'armée, où Albert s'était engagé à deux reprises, il retraçait étape après étape l'itinéraire qui avait mené celui-ci jusqu'à son hospitalisation présente.

Je me suis plongée dans le texte comme dans un roman-feuilleton.

La première fugue d'Albert se produit lorsqu'il est âgé de douze ans. Placé en apprentissage chez un fabricant d'appareils à gaz, à Bordeaux, il se retrouve tout à coup à La Teste, employé chez un marchand de parapluies ambulant, incapable d'expliquer comment il a atterri là. Informé par des voisins, son frère vient le chercher et le ramène à la maison. Une semaine plus tard, quelqu'un mentionne, au dîner, un héritage que le père du garçon doit recevoir à Valence. Albert ne semble pas y prêter d'attention particulière : il mange, dort et se lève comme d'habitude, poursuivant en toute tranquillité sa formation d'ouvrier gazier. Mais voilà qu'après un mois d'une routine sans histoire, l'adolescent se réveille soudain dans la Drôme. De retour à Bordeaux, il se voit confier cent francs pour effectuer une course pour son patron. Le lendemain, il s'aperçoit qu'il est dans un train en partance pour la capitale… Revenu une fois de plus dans sa ville natale, il entre à la Compagnie du gaz comme son père et son frère avant lui. Il ne tarde pas à disparaître de nouveau pour réapparaître à Barbezieux, où il est arrêté et emprisonné faute de pouvoir produire ses papiers – le vagabondage est alors un délit, et il faut un passeport pour circuler en dehors de sa région. Relâché, mais n'osant rentrer chez lui, il prend la route de Paris, puis se laisse convaincre de retourner à Bordeaux… d'où il est très officiellement renvoyé à Paris pour le travail. Il s'y trouve fort bien, jusqu'à ce qu'une nouvelle éclipse l'amène à Joinville-le-Pont. Il se rend alors à Champigny, Meaux, Longjumeau, Provins, Vitry-le-François – où on le jette encore une fois en prison – puis à Châlons-sur-Marne, Chaumont, Vesoul, Dijon, Mâcon, Villefranche, Lyon, Grenoble, Annecy – nouveau séjour en prison – avant de se décider à rentrer chez lui. Trois mois s'écoulent, durant lesquels il renoue avec sa vie bordelaise, espérant que ses périples involontaires ne soient bientôt plus qu'un mauvais souvenir. Un brusque réveil à Pau anéantit cet espoir. Dès lors, il ne se contentera plus de faire des sauts de puce : à Marseille, il s'embarque sur un cargo pour l'Afrique et gagne sa croûte comme marmiton. Après Alger, Saint-Eugène, Mustapha supérieur, Blida, il parvient au monastère trappiste de Staouëli où, apprend-il, on fabrique de l'eau de rose, et où il se repose quelque temps. De là, il rebrousse chemin vers Alger, puis vers la France. À Aix-en-Provence, il se fait embaucher pour les moissons avant d'être, une fois encore, expédié en prison par les gendarmes. Il regagne alors sa ville natale et l'usine. Un temps stabilisé, il reprend brutalement conscience dans un train à… Puyoô.

Puisqu'il semble voué à voir du pays, il décide de s'engager dans l'armée, entraînant avec lui Baptiste, un camarade d'enfance. Ce dernier, miné par l'ennui, le convainc de déserter : aussitôt dit, aussitôt fait. Ils s'enfuient à Tournai, puis se rendent à Bruges, Ostende, Gand, Bruxelles, Charleroi, Lièges, Verviers, où ils apprennent qu'on peut rejoindre les Indes depuis la Hollande. Direction Amsterdam, donc. C'est l'hiver 1879, il fait un froid polaire, et ils manquent de pain, de chaussures, de vêtements. Dévoré par ses pulsions de marche, Albert prend l'habitude de devancer son ami de plusieurs kilomètres, puis de revenir sur ses pas pour ne pas le laisser seul. L'un suit une ligne droite pendant que l'autre va et vient, traçant une sorte de boucle infiniment répétée et étirée – si bien qu'il couvre le double de kilomètres en deux fois moins de temps que son compagnon. Alors qu'ils viennent d'atteindre avec difficulté Maastricht, Baptiste expire – littéralement mort de fatigue –, tandis qu'Albert, inconsolable, est renvoyé à la frontière belge par la police hollandaise. Ne sachant trop quoi faire de lui-même, il prend la direction de l'Autriche, qu'il a toujours eu envie de visiter. À Amstetten, à bout de forces et toujours sans papiers, il est emprisonné, puis séjourne à l'hôpital avant d'être de nouveau reconduit à la frontière, à Salzbourg. Mais Vienne est devenu une idée fixe et il retourne par un chemin détourné à Linz, d'où il descend le Danube à la rame pour gagner la capitale autrichienne. Il se présente à l'usine à gaz de Gaswerk Tabor dirigée par l'ancien directeur de celle de Bordeaux, qui, par coïncidence, connaît son père et accepte de l'embaucher. Quelques semaines s'écoulent, durant lesquelles il donne pleine satisfaction. Mais voilà qu'il se retrouve sur un bateau à vapeur et bien en peine d'expliquer ce qui l'a attiré à Budapest. Secouru par le consul, il rentre à Vienne, qu'il quitte finalement pour Valenciennes : l'armée a amnistié les déserteurs et il peut donc reprendre du service. Il ne tient pas et déserte une fois encore, entamant un nouveau périple qui le ramène à Vienne, où il recommence à travailler à l'usine à gaz…

Un peu étourdie par le nombre de villes et de pays parcourus par Albert – tous ces noms de lieux égrenés de phrase en phrase à la manière d'une ritournelle sans fin –, j'ai interrompu ma lecture quelques minutes et saisi machinalement une feuille et un stylo. J'ai appliqué sans en avoir conscience la même méthode que mon père lorsqu'il se trouvait confronté à un problème : noter toutes les données disponibles pour y voir plus clair, tel un mathématicien désireux de résumer le monde en une équation. J'ai commencé par recenser tous les endroits où Albert s'était rendu, comme si je pouvais révéler une logique souterraine, un dessein secret qui les aurait reliés les uns aux autres. En vain : Dadas ne s'était laissé guider que par le hasard et l'impulsion, cédant à des désirs surgis de nulle part, sautant sur des opportunités qui se présentaient sans prévenir, jamais. Il avait accumulé les kilomètres sans aucune forme de cohérence. On aurait presque dit qu'il s'était évertué, au contraire, à renforcer le caractère imprévisible, dispersé, chaotique de ses trajets – sauf qu'il ne s'était évertué à rien. Il s'était seulement laissé porter par son mal, cette folie du fugueur qui le poussait vers des destinations toujours plus éloignées, lui faisant couvrir des distances toujours plus démesurées.

En 1880, alors qu'il se pense une fois encore guéri – cela fait plusieurs mois qu'il vit à Vienne –, Albert s'éveille tout à coup à Budweis. Après ce nouveau manquement, il n'ose pas se représenter à l'usine à gaz et gagne Prague, Leipzig, Berlin et Poznań. Poursuivant sa route vers l'est, il pénètre dans un domaine pour demander de quoi manger et se fait mordre par un chien. Hospitalisé à Varsovie, il entend parler des charmes de Moscou où vivent, paraît-il, beaucoup de Français. Va pour Moscou, où il arrive quelques jours après l'assassinat du tsar. La police l'arrête aussitôt : il semblerait qu'à la manière de Monsieur Jourdain, il soit nihiliste sans le savoir. Condamné comme ennemi de l'État, il manque d'être envoyé en Sibérie, mais la France ayant fait valoir sa citoyenneté française, il est finalement incorporé à un convoi de prisonniers et transféré jusqu'à la frontière turque dans d'abominables conditions – les hommes marchent quatre par quatre, les mains liées dans le dos, au rythme de cinquante kilomètres par jour, qu'il leur faut parcourir à un train d'enfer, sous peine d'être battus par les cosaques à coups de plat de sabre dans les jarrets. Seules quelques belles Tziganes, prêtes à se donner pour un quignon de pain ou un verre d'alcool, apportent un peu de gaîté au voyage, mais Albert refuse obstinément de faire appel à leurs services.

Libéré aux portes de Constantinople, il apprend qu'il existe un asile international et s'y rend aussitôt. On y nettoie ses vêtements et on le débarrasse de la vermine dont il est infesté. Il se repose un moment, avale une soupe de farine, puis s'en va solliciter le consul qui l'engage à repartir à Vienne. Là-bas il court chez le directeur de l'usine, qui accepte de le reprendre, bien qu'il ait peine à croire au récit de son ouvrier (qui l'en blâmerait ?). Peu après, à la suite d'une discussion avec un artilleur de Besançon croisé lors d'une fête, voilà Albert hanté par la Suisse et ses montagnes, dont l'autre lui a vanté les beautés. Nouvelle crise : il file à Klosterneuburg, Kufstein, Munich, Stuttgart, Karlsruhe, Kehl, Strasbourg, Colmar (où il est jeté en prison puis relâché), Mulhouse, pour atteindre enfin le pays ardemment désiré : il visite Interlaken, Genève, le canton de Vaux, Schaffhouse et Bâle. Mais, lassé d'errer, il finit par se constituer prisonnier au consulat, d'où on l'expédie à la prison militaire de Lille. Interrogé sur les raisons de sa désertion, il prétend d'abord ne pas les connaître, avant d'arguer que ses camarades lui « faisaient trop de misères ». Il est alors condamné à trois ans de travaux publics et envoyé en Afrique, au camp des Portes-de-Fer. Au vu de sa bonne conduite, on le gracie, puis on le réforme, et il s'en revient à Bordeaux, où il travaille de nouveau pour la Compagnie du gaz. Ses patrons sont ravis, ses frères et sœur aussi : Albert paraît prêt à s'installer pour de bon. Il commence d'ailleurs à fréquenter une jeune fille dont il tombe amoureux et qu'il demande en mariage. Elle accepte. Peine perdue : il disparaît le 18 juin 1885 pour atterrir dans une prison de Verdun aux premiers jours de septembre, ayant perdu ses papiers, sa montre, et jusqu'au souvenir de ce qui lui est arrivé.

Bordeaux, 1886. Dadas entre à l'hôpital Saint-André, dans le service du professeur Pitres, où il fait la connaissance du docteur Philippe Tissié. La nuit tombait lorsque je suis parvenue à cet instant de la vie d'Albert, l'Empire State Building qu'on apercevait depuis le salon s'était illuminé comme chaque soir, ses arêtes colorées de rouge et de bleu, et j'ai regretté plus vivement que jamais l'absence de mon père. Il aurait plongé avec moi dans l'histoire du premier fugueur de cette manière-là exactement, poussé par une œuvre d'art inconnue à exhumer une thèse de médecine tout aussi oubliée. J'aurais laissé mon imagination suivre le dromomane dans ses déambulations, lui aurait étudié avec intérêt l'approche méthodique adoptée par le docteur Tissié.

Après un premier entretien à l'issue duquel Albert est jugé « très doux », doué d'une « intelligence moyenne » et d'une « mémoire attentive », celui-ci analyse ses antécédents familiaux (père ouvrier gazier mort à soixante et un ans d'un « ramollissement cérébral », mère au foyer décédée à cinquante ans d'une fluxion de poitrine), puis ses antécédents médicaux. Il s'attarde en particulier sur la chute d'un arbre qu'il a faite à l'âge de huit ans et qui a entraîné une perte de connaissance, ainsi que de fortes migraines accompagnées de vomissements et de fièvre. Il s'intéresse à d'autres cas qu'il rapproche de celui de son patient, établit des protocoles de soin, bref procède par étapes raisonnées, en rigoureux scientifique qu'il est.

Albert n'avait bénéficié d'aucun traitement avant sa rencontre avec Tissié. Travailleur modeste, il n'avait guère de moyens et n'avait pu recevoir que des soins occasionnels. Des médecins de l'armée l'avaient examiné quelquefois, avaient noté ses symptômes, puis lui avaient prescrit du repos et des potions bromurées avant de le laisser repartir – ils ne pouvaient rien de plus pour lui. Avec Tissié, les choses commencent à évoluer, d'autant qu'Albert va séjourner à l'hôpital durant une bonne partie de l'été : la Compagnie du gaz n'a pas de travail à proposer à son ouvrier avant septembre et lui n'a nulle part où aller – cela fait longtemps que sa famille, impatientée par ses fugues à répétition, qu'elle pense moins liées à une maladie inconnue qu'à un caractère instable, capricieux, paresseux peut-être, lui a tourné le dos.

Armé d'un crayon et d'un carnet, le docteur guette la prochaine crise et ne tarde pas à être exaucé. Début août, alors qu'Albert se promène comme à son habitude dans les couloirs, il demande soudain à un de ses voisins de lit, originaire de Liège, s'il ne voudrait pas s'y rendre avec lui. Il prétend connaître quelqu'un là-bas qui doit lui remettre deux cents francs, décrit les plaisirs qu'il a connus lors de son dernier passage, parle du travail, abondant, qu'il y trouvera, imagine la route et les rues qu'il va emprunter, quels chemins, quels carrefours, et même quel pont sur la Meuse. Il se représente les choses avec tant d'intensité qu'il s'éveille le lendemain avec la certitude d'avoir fait l'aller-retour en Belgique pendant la nuit – ce qui ne l'empêche pas de réitérer sa proposition de voyage à son camarade de chambre et, devant son nouveau refus, de lui subtiliser des bottines qu'il place sous son propre lit, comme s'il se préparait au départ. Son comportement se fait incohérent : la voix altérée et le visage écarlate, il entreprend de raccommoder un pantalon qui n'en a nul besoin tout en se plaignant de violentes migraines. On a toutes les peines du monde à le persuader que non, il n'a pas pu aller à Liège et en revenir en moins de douze heures, que c'est physiquement, géographiquement, mécaniquement impossible.

S'il se résigne à demeurer dans l'enceinte de l'hôpital, il ne peut pour autant étouffer son désir de mouvement et, pour libérer sa cervelle échauffée, il se met à marcher avec furie dans le grand couloir de l'établissement, tête baissée, sans prêter attention à ce qui se passe autour de lui. Évitant les gens comme autant d'obstacles, il chemine à un rythme de plus en plus soutenu, comme s'il pouvait creuser le sol de ses pas. Il n'éprouve aucune fatigue, bien au contraire, et rêve d'une grande route où il aurait la liberté et l'espace nécessaires pour s'adonner pleinement à sa manie. Il finit par obtenir l'autorisation de faire l'aller-retour à Libourne dans la journée, ce qui l'emplit d'une joie telle qu'il ne dort pas de la nuit. Levé à quatre heures du matin, il part à cinq après avoir avalé un bout de pain et un verre de vin. Un grand abattement survient au cours du trajet, accompagné d'hallucinations : « Je voyais les arbres fanés, toute la nature comme envahie par le brouillard, la route était désolée, je n'avais plus de forces, je souffrais et je me mis à pleurer. » Ces images se dissipent heureusement au bout d'une heure ou deux et la promenade de quelque soixante-quatre kilomètres, bien qu'un peu courte à son goût, améliore beaucoup son état.

Dès le lendemain, cependant, un autre voisin de lit, parcourant le journal, mentionne le monde considérable qui s'est rendu en train à Arcachon, le week-end précédent. La remarque déclenche aussitôt une nouvelle « poussée de marche » : repris de maux de tête, Albert se met à arpenter en long, en large et en travers les galeries de l'hôpital, témoigne de son ennui et de sa confusion, imagine avoir traversé une forêt de pins pendant la nuit pour gagner la station balnéaire, bref, passe par toutes les étapes d'une crise qui ne se résout que lorsqu'on l'autorise à aller pour de bon – à pied, cela va de soi – à Arcachon, d'où il revient apaisé. En septembre, il recommence à travailler pour la Compagnie du gaz tout en continuant de rendre visite au docteur Tissié. Le médecin l'encourage à combattre ses besoins forcenés de masturbation, qui le plongent dans un état d'hébétude proche de la semi-conscience qu'il connaît lors de ses fugues, tandis que lui-même lutte contre ses envies de départ, avec succès d'ailleurs, même s'il a beaucoup de mal à ne pas monter dans le train pour Niort, un jour où il croise à la gare du Midi des jeunes gens qui doivent rejoindre là-bas leur régiment. Il faut dire que « voir du pays » a toujours été l'un de ses plus profonds désirs. Depuis sa plus tendre enfance, il se passionne pour les récits de voyage, et les déplacements eux-mêmes n'ont jamais cessé de le faire rêver ; il souhaite seulement en avoir la maîtrise. Ne pas disparaître du jour au lendemain sans savoir comment ni pourquoi.

En dépit de tous ses efforts, pourtant, les fugues d'Albert ne s'arrêtent pas. Du moins se déroulent-elles désormais sous la supervision du docteur Tissié, qui en note scrupuleusement les différentes étapes. Deux ou trois jours avant chaque crise, Albert ressent le besoin impérieux de marcher, marcher, marcher ; son caractère se fait plus morose et taciturne ; il se plaint de céphalées, de bourdonnements d'oreilles, d'étourdissements ; ses mains tremblent et il commet des maladresses inhabituelles ; il se masturbe à maintes reprises ; ses perceptions gustatives et visuelles sont modifiées : la nourriture s'affadit et le monde se transforme en une gigantesque toile impressionniste. C'est alors qu'il s'en va, non sans boire avec avidité quelques verres de vin, d'orgeat ou d'un autre sirop à la première taverne qu'il croise. Son esprit s'efface et devient pareil à une ardoise vierge ; il ne sait plus qui il est, ni ce qu'il fait, ni pourquoi il le fait. Sans doute mange-t-il et se lave-t-il : il est toujours d'une propreté irréprochable tandis qu'il marche à l'aventure, dans la poussière et la boue des routes et des champs, qu'il vente, qu'il pleuve ou fasse soleil. Seulement, il ne se rappelle rien, ou presque. Sa mémoire est à la fois impressionnante et semée de trous incompréhensibles. Il arrive qu'Albert oublie des choses aussi élémentaires que son âge ou le nom des couleurs – à part le noir, le rouge et le blanc qu'il a toujours reconnus –, qu'il oublie qu'il a été soldat, qu'une morsure de chien l'a envoyé à l'hôpital, qu'il a été incarcéré comme nihiliste en Russie. Et dans le même temps, il est capable de livrer des détails précis sur les paysages qu'il a parcourus, les fleuves qu'il a franchis, les monuments qu'il a admirés, les mœurs et coutumes des habitants des villes qu'il a visitées : ainsi se souvient-il des épingles à cheveux en forme d'épée dont les femmes de Friedrichsdorf ornent leurs chignons, ou des vestons de velours boutonnés avec d'anciennes pièces de monnaie des hommes de Poznań.

Le 5 décembre 1886, Albert confie au docteur Tissié qu'il souhaite se marier avec une jeune ouvrière de sa connaissance, mais qu'il n'ose s'aventurer plus loin tant il craint d'abandonner la demoiselle au moment le plus inopportun, comme il l'a fait avec sa fiancée précédente. Le docteur lui parle alors d'une technique médicale pouvant peut-être le guérir, ou du moins l'aider à trouver un équilibre : l'hypnose, à laquelle Albert accepte de se soumettre. La première séance a lieu le jour même, dans le cabinet du praticien, à cinq heures vingt de l'après-midi. Une lampe à pétrole a été allumée, sur le grand bureau de bois poli, et Tissié se tient en pleine lumière, le regard planté dans celui d'Albert qu'il a placé dans la pénombre. Au bout d'une minute, les yeux du jeune homme commencent à clignoter. Le médecin appuie légèrement sur ses paupières et fait glisser ses pouces sur les globes oculaires. À cinq heures vingt-cinq, Albert est endormi, plongé dans un état somnambulique. « Où êtes-vous ? lui demande Tissié. — Je ne sais pas », murmure son patient. Le processus est enclenché et Albert reçoit trois ordres : ne plus se masturber, ne plus quitter Bordeaux et venir voir son médecin le dimanche suivant à dix heures du matin. Tissié l'interroge une nouvelle fois pour s'assurer qu'il a bien été entendu et répète ses directives avec autorité tandis qu'Albert sommeille tranquillement, la tête posée contre le dossier du fauteuil et la moustache alanguie. Puis le médecin souffle dans l'œil droit de son patient, qui reprend peu à peu conscience. Il ne se souvient de rien et s'étonne de sa présence dans le cabinet. Le docteur prétend qu'il a eu une absence au milieu de leur conversation, et ils se séparent là-dessus.

D'emblée, l'expérience médicale se mêle à l'expérience tout court. Plusieurs des ordres donnés par Tissié n'ont pas d'utilité thérapeutique, on dirait qu'il s'amuse à la manière des hypnotiseurs magiciens des foires… Il commande à Albert de se verser un verre de vin sitôt réveillé, de voler un portefeuille et de le restituer juste après, ou encore de lui rendre visite et de lui ôter son cigare de la bouche pour le mettre dans sa poche. Les consignes du docteur sont presque toutes suivies d'effet, et, pendant un temps, Albert diminue ses pratiques solitaires et reste à Bordeaux. Néanmoins Tissié ne s'en tient pas là : il a l'idée de faire de nouveau raconter à son patient ses diverses pérégrinations, sous hypnose cette fois, afin, prétend-il, d'en vérifier la réalité. (Un tour sur Internet, quelque temps plus tard, m'apprendra que des chercheurs ultérieurs, plus sceptiques, ont préféré s'appuyer sur les archives des consulats et des commissariats allemands, belges, russes, autrichiens, ou encore sur les lettres du directeur de l'usine à gaz de Gaswerk Tabor. De fait, Albert Dadas n'était pas un mythomane qui aurait abusé les médecins en simulant des symptômes ou en narrant des récits montés de toutes pièces : on a gardé trace de son passage à peu près dans toutes les villes qu'il a traversées.)

L'initiative du docteur Tissié peut paraître folklorique ou farfelue. Elle va pourtant permettre à Albert de se remémorer des pans de sa vie qu'il croyait avoir définitivement oubliés. Le 30 janvier 1887, alors qu'il vient d'être endormi par le docteur, le souvenir de sa fameuse échappée à Verdun – celle qui a abouti à son hospitalisation – lui revient soudain. Il saisit les mains de son médecin en s'écriant qu'il se rappelle ce que sont devenus son livret militaire et sa montre, égarés lors de son escapade, et qu'il les voit désormais aussi clairement que s'il les tenait dans sa main. Quand il était parti de Bordeaux, il avait pris le train pour Paris et déposé la montre au mont-de-piété, dans une impasse près de la gare de l'Est. Et de se lancer dans une description détaillée des lieux, allant des trois marches qu'il faut monter pour entrer dans l'établissement au bureau avec balustrade en bois des employés, en passant par les dimensions – au centimètre près ! – du corridor. Il se montre tout aussi exhaustif concernant lesdits employés, qu'il s'agisse du jeune homme brun à moustache portant un paletot noir et parlant avec l'accent de la capitale, ou du petit blond doté d'un fort embonpoint, habillé de gris « pointillé de noir », qui arbore une chaîne en nickel d'environ cinq millimètres de large. Sa montre mise en gage, Albert s'était rendu à Bruxelles puis était revenu à Paris, où il avait passé trois nuits à l'asile de charité car il n'avait plus un sou. Errant ensuite entre Meaux, Longjumeau et Vitry-le-François, il avait laissé son livret militaire dans une des fermes où il avait couché et, faute de pouvoir présenter ses papiers, avait été arrêté par la police. Relâché, il s'en était allé à Châlons-sur-Marne, Bar-le-Duc et Verdun, où il avait été de nouveau arrêté et jeté en prison, puis envoyé à l'hôpital…

Comme sous l'effet d'un électrochoc, le cerveau d'Albert s'est éclairé, le brouillard dissipé. Des portions de son existence qu'il pensait anéanties, disparues pour toujours, ont ressurgi en un éclair. Les vides se sont remplis de faits, de signes, d'images, de couleurs, de sensations – de détails concrets et de données chiffrées d'une précision telle qu'on pourrait les croire inventés. Ses absences ne sont pas irréversibles, ses souvenirs ont simplement glissé dans une autre strate de sa psyché, à laquelle l'hypnose permet heureusement d'accéder... Sitôt qu'Albert est sorti du sommeil hypnotique, cependant, ses souvenirs s'effacent de nouveau, comme s'ils s'étaient évanouis dans l'air. L'ardoise redevient parfaitement vierge. Dans son état conscient, Albert se rappelle son réveil en prison et uniquement son réveil en prison. Et quand le docteur Tissié le prie de mieux se concentrer, il argue que c'est inutile, qu'il a assez cherché comme cela, qu'il ne sait ni ne saura jamais ce qui s'est passé – ce n'est pas la peine d'insister.

Albert finira par aller mieux, sans guérir pour autant. Ses errances, qui le reprendront, seront répertoriées durant plus de deux décennies par Tissié. Celui-ci deviendra célèbre en exposant le cas de son patient, sur lequel s'affronteront deux écoles opposées, la bordelaise et la parisienne – l'une avançant comme cause du mal l'hystérie, l'autre l'épilepsie. Albert, pour sa part, sera toujours reconnaissant à son médecin d'avoir eu l'immense mérite de mettre un nom sur sa pathologie. Il se présentera d'ailleurs sous le nom de « voyageur aliéné de Tissié » aux gendarmes qui par la suite l'arrêteront pour vagabondage. Et lorsqu'il se retrouvera, à la fin de sa vie, à bout de ressources, c'est à Pau, où le docteur Tissié s'est retiré, qu'il ira chercher refuge.

Toute son existence, Albert a fugué, et jamais il n'a su dire pourquoi. Il n'en avait aucune idée : il fallait qu'il parte, voilà tout. Peut-être rêvait-il désespérément d'une autre vie que la sienne, morne et bien rangée. Peut-être le monde dans lequel il évoluait ne lui suffisait-il pas. Peut-être était-il avide de liberté et d'infini. Peut-être ne supportait-il pas d'avoir un ancrage fixe. Peut-être que partir était une façon pour lui de se réinventer, encore et encore – ou d'oublier qui il était tout simplement. Lui-même ne s'est jamais exprimé sur le sujet. Avait-il seulement une réponse à donner ? Il était incapable en tout cas de la formuler, lui qui n'avait bénéficié que d'une éducation fragmentaire – il ne savait pas écrire et à peine lire – et n'appartenait pas à la classe moyenne qui découvrait alors les charmes du tourisme, pas plus qu'il ne faisait partie de ces vagabonds criminels auxquels il était si souvent assimilé. Peut-être n'y avait-il pas de place pour lui dans la société française de la fin du XIXe siècle. Peut-être était-ce cela qu'il cherchait en prenant et reprenant indéfiniment la route.

L'inextinguible soif de mouvement qui animait Albert Dadas est restée une énigme. Cela me plaisait. J'aimais l'idée qu'il fût demeuré à part, qu'on ait même été forcé de créer une catégorie pour lui, fût-ce au sein d'un ensemble plus vaste, ces « aliénés voyageurs » dont Tissié dressait une typologie détaillée dans son mémoire. Il y avait l'ouvrière érotomane allant de ville en ville et de bras en bras dans une quête toujours renouvelée de plaisir, la femme poursuivie par une odeur de charbon qui lui faisait penser qu'on voulait l'asphyxier (si bien qu'il lui fallait sans cesse plier et replier bagage), et l'« halluciné » que des voix persuadaient de se faire reconnaître comme le fils de Napoléon III et qui tentait de rallier son « père » exilé en Angleterre, puis de rencontrer l'empereur d'Allemagne, le pape, le roi Victor-Emmanuel à Rome, l'impératrice Eugénie en Suisse. Il y avait aussi le « délirant » qui parcourait l'Espagne, le Portugal et l'Amérique à la recherche d'un lieu où fonder une civilisation nouvelle, poussant le perfectionnisme jusqu'à apprendre l'espagnol, le portugais et l'anglais. Il avait ensuite dépensé le reste de son patrimoine dans l'édition d'une brochure – *L'Humanisation ou Adresse au genre humain sur la doctrine infinie tout à fait inconnue et toute nouvelle de l'humanisation* par Humanus Humanisationus – supposée lui amener des disciples. Ruiné, sans autre domicile que les débits d'eau-de-vie, fouillant les poubelles dans les villes ou déterrant des racines dans les campagnes pour survivre, il n'avait dû son salut qu'à son internement...

Les expéditions d'Albert Dadas, pour leur part, étaient immotivées et c'était là ce qui me fascinait. Ulysse essayait de rentrer chez lui, le Juif errant expiait une faute ancienne, les chevaliers de la Table ronde avaient fait serment de trouver le Graal, les héros de Jules Verne défiaient les limites du monde en ballon, en sous-marin ou même en canon, quand ils n'en faisaient pas le tour en moins de quatre-vingts jours à la suite d'un pari. Mais les périples d'Albert, eux, n'avaient pas plus de sens que d'utilité : il partait sans but, sans cause, sans raison, et sans même savoir qu'il partait. Ses déplacements ne dissimulaient aucune signification secrète, symbolique, existentielle ou esthétique. Il n'avait rien d'un héros de légende et n'était pas non plus un artiste, encore moins un explorateur ou un guerrier désireux de conquérir peuples et territoires. Albert Dadas était un ouvrier du gaz, sérieux, sobre, travailleur. Un obscur dont les pérégrinations désordonnées ne renvoyaient à rien d'autre, en définitive, qu'aux contingences et accidents dont sont tissées la plupart des existences, grandes ou petites.

Minuit approchait. Depuis la chambre de mon appartement de Union Square, j'avais vue sur toute la ville, ses rues droites et ses gratte-ciel aux fenêtres tantôt éclairées, tantôt plongées dans l'obscurité, vastes damiers d'ombre et de lumière qui m'évoquaient *Broadway Boogie Woogie,* un tableau de

Mondrian que j'avais vu la veille au MoMA. Pelotonnée dans mon lit, je relisais la liste de tous les endroits où Albert s'était rendu, que j'avais établie au fur et à mesure de ma lecture dans l'espoir qu'elle m'éclairerait sur ses motivations. Une évidence m'est alors apparue, que mon père, si vif pour ce genre de choses – résoudre un casse-tête, identifier le meurtrier dans un roman policier, trouver la solution d'un problème de physique –, n'aurait pas manqué de relever aussitôt. La seule ville qui revenait sans cesse était Bordeaux. La ville où Albert avait voulu fonder un foyer, celle où il avait commencé sa vie et souhaité la finir, raison pour laquelle il avait consulté le docteur Tissié et consenti à ses expériences. Ses déplacements, boucles immenses qui se rejoignaient toutes en un même lieu, ne prenaient sens que par rapport à cette aspiration d'ancrage. Il avait eu un unique espoir – toujours déçu. Sa tragédie, et la raison pour laquelle je m'étais attachée à lui, la raison pour laquelle mon père aurait été mieux placé que quiconque pour le plaindre, et surtout le comprendre, tenaient à cette douleur qui n'avait jamais pu trouver de remède.

Mon père et moi avions connu quelqu'un qui avait été dans la même situation qu'Albert. Un homme qui avait traversé plusieurs océans et continents, volé de l'Asie à l'Amérique et de l'Amérique à l'Europe, tout en rêvant de rentrer chez lui pour n'en plus bouger, et ce désir était si fort, sa détresse si violente, qu'ils en avaient détruit sa raison. Thinh était un cousin germain de mon père. Comme lui, il avait obtenu une bourse ainsi que le droit de quitter le Viêtnam où il était né pour poursuivre ses études à l'étranger. Tous deux étaient alors certains de revenir, sitôt leur formation achevée, afin de travailler à la reconstruction du pays ; les guerres successives, la prise de pouvoir par les communistes, la pérennisation de la dictature et des persécutions les avaient forcés à rester en France. Mon père s'était consolé en songeant qu'au moins il n'avait pas été envoyé en camp de rééducation ni contraint d'acheter à prix d'or le droit de monter sur un bateau surchargé pour y affronter la faim, la soif, les tempêtes, les pirates et, bien souvent, pour disparaître au fond des mers. Son cousin, lui, ne s'en était jamais consolé.

Petite, je voyais Thinh quatre ou cinq fois par an, lors des réunions de famille orchestrées par ma grand-mère, qui avait rejoint mon père en 1976, un an après la chute de Saigon, et nous avait élevées, ma sœur et moi, au même titre que nos parents. À l'occasion d'un anniversaire, de la fête du Têt, ou d'un *cung* en l'honneur des ancêtres, une trentaine de personnes se réunissaient dans notre pavillon de banlieue, qui bruissait de bavardages vietnamiens et s'emplissait de tables recouvertes de spécialités du pays – *banh cuon* fourrés à la viande et aux champignons, *goi* au poulet et à la cacahuète, *xao* de haricots verts et de vermicelles transparents, *che* associant les saveurs de la noix de coco et de la racine de taro. Ma sœur et moi avions surnommé Thinh « l'oncle bizarre » et nous efforcions de l'éviter : lui adresser la parole, ne serait-ce que pour le saluer, était toujours une épreuve. Il ne répondait que par un silence ou balbutiait des paroles incohérentes. Sa brusquerie de manières et de ton nous faisait peur ; il parlait par à-coups, comme s'il était tout le temps sur le point de succomber à une crise d'asthme aiguë, et avait des gestes désordonnés. Son allure n'arrangeait rien : habillé de pantalons trop courts et de pulls délavés, il se coiffait comme un petit garçon, avec une raie sur le côté, et portait de grosses lunettes à monture noire, rectangulaire, aux verres si épais qu'ils déformaient ses traits, donnant le sentiment qu'on avait passé un rouleau à pâtisserie sur sa figure. Il souffrait également de tics multiples ; ses yeux clignotaient comme les phares d'une voiture et il arrivait inévitablement un moment où, après avoir conservé une parfaite immobilité, il se mettait soudain à tourner en rond, paupières baissées, mains croisées dans le dos, décrivant encore et encore le même cercle, tel un hamster dans sa roue. Parfois, il préférait suivre une ligne droite, allant et venant entre deux points fixes distants de quelques mètres. Dans tous les cas, il marchait avec une telle application, une telle énergie qu'on aurait dit qu'il espérait creuser le sol de ses pas.

Personne ne semblait particulièrement surpris par son comportement, ce qui rendait la situation d'autant plus gênante, presque effrayante, pour les petites filles que nous étions. Les uns et les autres se succédaient à ses côtés, à intervalles réguliers, pour lui adresser quelques mots et, loin de se laisser décontenancer par son manège, faisaient mine d'entretenir avec lui une conversation des plus banales.

— Bonjour, Thinh ! Cela fait plaisir de te voir. Comment va la santé depuis la dernière fois ?

Long silence suivi d'un « oui » prononcé d'une voix de stentor.

— Tu sembles très en forme.

Grommellement indistinct.

— Il fait très beau aujourd'hui, tu ne trouves pas ?

Sourire muet.

— Bon, ça a l'air de se couvrir un peu, c'est vrai, mais je suis certain que ça va se dégager, le vent va chasser les nuages.

Marmottage d'où surnagent quelques mots : « terre », « table », « moutons ».

— Tiens, tu devrais goûter ces petits pâtés, ils sont délicieux.

Arrêt du marmottage. Acceptation d'un petit pâté.

— Les fruits sont très bons aussi, très frais ; on les a achetés ce matin.

Thinh se met à marcher de long en large.

— Je t'ai dit que mon aînée allait entrer au CP, cette année ?

Silence. Poursuite de la marche.

— Ça m'a rappelé notre jeunesse. Tu te souviens de l'époque où on a appris à lire et à écrire ? C'était dans la maison du juge, ton père, à Hanoï…

Silence.

C'était un peu comme assister à une pièce de Ionesco ou entendre quelqu'un téléphoner – mis à part le fait que le correspondant se trouvait dans la même pièce, absorbé dans d'incessantes déambulations, la silhouette voûtée, le regard rivé au sol. Les invités, entraînés depuis toujours à mettre de côté tout ce qui pourrait plonger l'autre dans l'embarras, jouaient à être naturels avec un tel art – un tel aveuglement ? – que je me demandais parfois qui était le plus fou dans l'affaire : eux, Thinh ou moi-même.

Ce type de scènes se reproduisait à chaque réunion de famille et, avec le temps, j'avais fini par m'y habituer. Tous les deux ou trois mois, on mettait les petits plats dans les grands à la maison et on servait des pâtés impériaux, de la soupe au crabe et aux asperges, des légumes sautés, du canard laqué et de la poitrine de porc grillée ; les enfants étaient sommés de réciter des poésies ou de jouer du piano ; les adultes discutaient bruyamment après avoir joint leurs mains devant l'autel des ancêtres ; et « l'oncle bizarre » s'adonnait à son éternelle pantomime, vêtu de ses pantalons trop courts et de ses pulls miteux. J'avais cessé de poser des questions auxquelles personne, de toute façon, ne semblait vouloir ou pouvoir répondre. Mon père me disait d'un air distrait d'aller jouer ou alors assurait qu'il m'expliquerait les choses plus tard. À force, Thinh faisait partie des meubles. Il appartenait à la routine de ces déjeuners qui duraient jusqu'à cinq heures de l'après-midi et laissaient tout le monde épuisé, gavé de nourriture et de vin. Quiconque était allé lui dire bonjour ces jours-là avait fait ce qu'il avait à faire ; on ne lui devait rien de plus.

Et les années ont passé. J'ai abandonné les peluches pour les livres, le cartable pour un sac à dos, décidé que la frange, ça faisait ringard, griffonné de mauvais poèmes dans les marges de mes devoirs, essayé et adopté les Levi's, eu droit à mon premier baiser, manqué de m'étouffer avec ma première cigarette. J'ai grandi et mes amis et ma sœur ont grandi avec moi. Mes parents ont avancé avec douceur vers la vieillesse ; le monde a changé. Thinh était le seul à rester rigoureusement identique. Comme s'il avait été figé sur une plaque photographique : à chaque réunion de famille, je le voyais, avec son même air incertain, recommencer encore et encore les mêmes gestes, rythmés par les mêmes discours incompréhensibles. J'aimerais pouvoir me dire qu'avec le temps mes craintes enfantines avaient cédé la place à la compassion et à la curiosité, mais la vérité, c'est que je ne prêtais plus aucune attention à ce « tonton », sorte de poupée mécanique dont la machinerie s'était grippée. Son sort et son histoire m'étaient devenus indifférents.

Ce n'est qu'à sa mort, longtemps après que j'avais quitté la maison, que j'en ai de nouveau entendu parler. Un soir d'automne, j'étais allée dîner chez mes parents rentrés des États-Unis où ils avaient vécu trois ans pour des raisons professionnelles, après un premier séjour de quatre ans en Australie. Depuis quand ne nous étions-nous pas réunis autour d'un repas, dans cette grande demeure en meulière où j'avais passé la première moitié de mon existence ? Je ne m'en souvenais même plus, et cela conférait à la soirée une forme d'irréalité, comme si nous étions des fantômes venus rendre visite aux vivants, ou vice versa. Le soleil se couchait, teintant les toits des immeubles de rose et d'orange, nous achevions notre repas dans la lumière déclinante, et comme nous échangions des nouvelles, mon père, les yeux baissés, a soudain mentionné le décès de son cousin. J'ai eu un pincement au cœur qui n'était pas dû qu'à la mélancolie ambiante. Bien sûr, je n'avais jamais adressé la parole à Thinh que pour lui dire bonjour, ne l'avais pas vu depuis l'adolescence et ne savais pour ainsi dire rien de lui. Il n'était personne pour moi. Mais précisément parce que je ne savais rien de lui, que je l'avais réduit à une silhouette lointaine, j'éprouvais de la peine, de la gêne, du remords peut-être.

Le chagrin avait rendu mon père, d'ordinaire si attaché au respect de la vie privée et si discret de tempérament, enclin aux confidences ; il m'a apporté les éclaircissements que je n'attendais plus. Contrairement à ce que je croyais, l'oncle bizarre n'avait pas été précédé d'un enfant bizarre, puis d'un adolescent bizarre. C'était un petit garçon comme les autres, et même plus vif et plus intelligent que beaucoup. Dernier-né d'une famille de deux garçons à laquelle s'était joint mon père à la mort de son propre père, Thinh, de santé fragile, était très gâté par sa mère. Elle le gardait toujours près d'elle, le couvrait de cadeaux et s'efforçait de satisfaire le moindre de ses caprices. Elle l'enveloppait d'un cocon de tendresse et de douceur qui l'avait protégé toute son enfance. Premier de sa classe dans toutes les matières, il suivait en cela l'exemple de son frère et de son cousin, de quelques années plus âgés. Les trois garçons s'entraînaient ensemble à résoudre des exercices de mathématiques et de physique d'une difficulté bien supérieure à ceux de leur niveau scolaire. Ils pratiquaient l'algèbre et la géométrie comme ils se seraient préparés pour un championnat sportif – chronométrant leurs performances, testant leur endurance, s'encourageant mutuellement. Ces séances intensives avaient permis à chacun de prendre une avance confortable et de réussir brillamment le baccalauréat. Thinh, en particulier, avait été l'un des cinq élèves de sa promotion à obtenir la meilleure mention.

Décrocher une bourse afin de pouvoir étudier à l'étranger était alors un immense privilège. Des milliers de jeunes gens tentaient chaque année leur chance, dans le double espoir d'échapper à un Viêtnam déchiré par la guerre et d'acquérir un de ces diplômes prestigieux grâce auxquels ils savaient leur avenir assuré. Le frère aîné de Thinh et mon père avaient eu le bonheur d'y parvenir : ils avaient quitté Saigon pour Paris au début des années soixante et étaient entrés en math sup au lycée Saint-Louis. Ils travaillaient dur en vue d'intégrer une grande école, quand ils avaient appris les exceptionnels résultats de Thinh. Ils s'en étaient réjouis et l'avaient félicité, mais n'avaient pu l'accueillir parmi eux pour reformer leur petite bande à Paris. La promotion de leur cadet, en effet, ne devait pas poursuivre ses études en France, mais en Amérique. Les alliances avaient évolué et, par un jeu de bascule, les États-Unis avaient succédé à Paris sur plus d'un front. Thinh a donc rejoint un campus californien où il a eu beaucoup de difficultés à trouver ses marques : il parlait à peine anglais et se retrouvait seul pour la première fois. Rien, ici, ne lui était familier, ni les gens, ni le climat, ni les usages, ni la langue – sans parler de la nourriture. Le mal du pays n'a pas tardé à s'emparer de lui et à s'amplifier peu à peu. Déjà guère liant de nature, Thinh en est venu à éviter d'instinct les contacts, partageant uniquement son temps entre sa chambre et les cours.

La guerre du Viêtnam, qui avait éclaté un peu plus tôt, était alors sur tous les écrans et dans tous les esprits. Thinh a plus d'une fois été pris à partie par des Américains auxquels sa présence semblait aussi scandaleuse qu'intolérable : comment osait-il aller et venir en toute tranquillité dans leur université quand tant de leurs compatriotes mouraient loin de chez eux ? Ce climat d'hostilité a certainement contribué à la dépression dans laquelle il s'est petit à petit enfoncé. Plusieurs mois durant, il a fait tout son possible pour ne pas prêter attention aux murmures et aux regards peu amènes que provoquait sa présence où qu'il se rendît. Cette politique de l'autruche, si habituelle aux Vietnamiens lorsqu'ils se sentent mal à l'aise, s'est terminée le jour où un groupe de jeunes gens l'a agressé. On l'a poussé et insulté, le traitant de « singe », de « jaune », de « sale Viet ». Il a riposté avec la démesure et la maladresse de ceux qui, timides et doux de caractère, sont humiliés une fois de trop. L'incident lui a valu un blâme et des menaces d'expulsion.

J'étais persuadée que Thinh aurait aimé retourner chez lui, auprès de ses parents, dans le pays qui l'avait vu naître et où il était certain d'être bien accueilli. Mais il n'était guère envisageable de rentrer dans une nation en guerre, et l'idée d'échouer dans ses études, quand la valeur et le mérite d'un homme se mesuraient à cette seule aune, ou presque, au Viêtnam, devait lui être insupportable. Son frère lui a alors proposé de le rejoindre à Paris. Il paierait son billet d'avion, s'occuperait des formalités et prendrait en charge tous ses frais pour les deux années à venir. Le cadet a accepté avec joie et, une fois installé dans la capitale française, a décidé, en accord avec son aîné, de s'inscrire en médecine. À ce que j'ai compris, ni l'un ni l'autre n'avait réfléchi aux conséquences de ce choix. Ces études, déjà ardues en soi, nécessitaient de surcroît d'assimiler un vocabulaire très étendu et dans une langue qui n'était toujours pas celle de Thinh. Il lui serait par ailleurs impossible de compter sur les lumières de son frère ou de son cousin, qui étaient en école d'ingénieurs – une pression supplémentaire pour lui, déjà si vulnérable.

Capable de résoudre des équations mathématiques d'une extraordinaire complexité, Thinh avait toujours été désemparé face aux petites choses du quotidien. Avant son départ du Viêtnam, il y avait tout le temps eu quelqu'un pour prendre soin de lui, prévenir ses désirs, veiller sur sa santé. Son frère et mon père ne l'ignoraient pas. Pour autant, ils n'imaginaient pas qu'après une année entière passée seul aux États-Unis il serait demeuré aussi empoté. Thinh rangeait le beurre sur le rebord de la fenêtre, lavait son pardessus dans l'évier, carbonisait ses œufs au plat et la poêle avec. Il n'avait pas plus de jugeote qu'un enfant. Son frère s'en amusait et s'en agaçait tour à tour. Mais après l'avoir taquiné, il a commencé à lui parler avec impatience, croyant à de la mauvaise volonté de sa part. Il faisait des caprices comme lorsqu'ils étaient petits, voilà tout… C'est sur le compte de l'immaturité et de la maladresse qu'on a donc mis le comportement toujours plus étrange de Thinh, ses bouderies répétées, ses volte-face, sa façon de briser là une conversation, de quitter la pièce sans plus de cérémonie. Ce n'est que lorsqu'il s'est retrouvé mêlé à une rixe que la gravité de son état est apparue au grand jour : arrêté, il a expliqué aux policiers stupéfaits que des passants l'avaient aspergé de poison avant d'envoyer des avions le cribler de rayons laser, et qu'il n'avait fait que riposter. Il fut aussitôt interné.

Le frère de Thinh avait quitté Paris depuis plusieurs mois déjà. Son diplôme de l'École centrale en poche, il avait profité d'une brève accalmie – la trêve de 1972 – pour s'installer au Viêtnam. Mon père, lui, projetait de passer encore trois ans dans la capitale pour amasser de quoi assurer les vieux jours de sa mère et préparer au mieux la suite de sa carrière. Il gardait toujours le contact avec son jeune cousin, quoique de façon moins étroite à présent qu'il avait fait son entrée dans la vie professionnelle. Pas une seule seconde il n'avait imaginé que Thinh échouerait dans ses études. Son hospitalisation l'avait laissé à la fois incrédule et choqué.

Ce soir-là, mon père m'a raconté sa première visite à l'asile où était interné son cousin. Durant tout le temps où il était resté près de Thinh, celui-ci s'était muré dans un silence obstiné, compact, qu'aucune question n'était parvenue à ébranler. Il n'avait pas eu un geste pour saluer son parent, pas une parole de bienvenue. Il était juste là, assis sur sa chaise, les bras ballants, sourd et aveugle à ce qui l'entourait. « Peut-être les autres patients qui se trouvaient dans la salle étaient-ils plus atteints – certains criaient et gesticulaient de manière hystérique, les cheveux défaits, incapables d'articuler une phrase sensée –, mais l'inertie de Thinh, son refus ou son incapacité à émettre le moindre son m'ont laissé une impression horrible. » Tout en prononçant ces mots, mon père gardait les yeux obstinément fixés sur son assiette de lychees, à laquelle il n'avait pas touché. Il avait beau être assis en face de moi, je n'avais pas réussi à croiser son regard de tout le repas. Ma mère s'était retirée à la cuisine pour rincer bols et baguettes sans que j'aie réussi à lui imposer mon aide. Immobile dans le soir qui tombait, mon père parlait avec précaution, comme s'il n'était pas sûr de vouloir se faire entendre. C'est à la douceur presque douloureuse de sa voix que j'ai mesuré la peine qu'il avait dû ressentir quand il s'était adressé à son cousin et s'était rendu compte que l'homme au regard vide devant lui n'avait plus rien à voir avec l'enfant en compagnie duquel il avait grandi, le garçon si délicat que sa mère idolâtrait. Quelque chose dans le cerveau de Thinh avait cédé, comme un ressort qui casse ou un fil qui rompt, et les visites des autres membres de la famille n'ont pas eu davantage d'effet que les discours et recommandations des médecins. Lorsqu'il est sorti de l'établissement, prétendument guéri, il a arrêté ses études et vécu seul, de nouveau. Il a recommencé à parler, mais son discours était troué de silences incongrus. Il réagissait à contretemps, quand il réagissait, et avait du mal à avoir une conversation suivie avec ses interlocuteurs ; les échanges étaient brefs et décousus. Après une formation accélérée, il est devenu ouvrier chez Simca, dans une usine au nord de Paris. Puis, son état empirant, il a quitté son travail pour vivre d'une pension d'invalidité. Son frère lui avait acheté un studio où il passait désormais le plus clair de ses journées. Il ne mettait les pieds dehors que pour faire les courses ou pour se rendre à ces réunions familiales où la petite fille que j'étais se résignait avec difficulté à lui dire bonjour.

Voyageur malgré lui

Il était seul, encore, au moment de mourir. Une crise cardiaque pendant la nuit – il avait quarante-neuf ans.

Le mal dont Thinh était atteint est demeuré aussi mystérieux que celui d'Albert Dadas. J'ignorais quels processus conscients ou inconscients avaient amené ces deux voyageurs malgré eux à abandonner leur mémoire et leur identité – l'un égarant ses papiers sur toutes les routes d'Europe, l'autre s'abîmant dans une sorte d'absence à soi-même, réfugié dans une chambre minuscule qu'il ne quittait presque jamais. Du moins la folie d'Albert avait-elle été observée, analysée avec passion par le docteur Philippe Tissié. Malgré ses origines modestes et son absence de relations, Dadas avait trouvé quelqu'un pour le prendre en considération, l'examiner, le soigner ; quelqu'un qui lui avait consacré plusieurs années de recherches et l'avait accueilli quand il en avait eu besoin. Thinh n'avait pas eu cette chance : sa famille était prête à l'épauler, mais, dépassée par cette maladie dont elle était impuissante à saisir les mécanismes, elle n'avait pu lui fournir qu'une aide matérielle – son logement – et lui montrer par ses invitations et ses visites qu'elle tenait à lui.

Si l'existence d'Albert avait été malheureuse, elle s'était prolongée au-delà d'elle-même pour se muer en une source de réflexion, d'inspiration, de création – jusqu'à l'installation qui avait attiré mon attention dans le musée du Queens. J'étais tentée d'y voir une réparation, et même une revanche : sa folie l'avait finalement sauvé de l'obscurité où il aurait sans aucun doute sombré s'il était resté un ouvrier du gaz comme les autres. La maladie de mon oncle l'avait au contraire condamné à l'oubli : qui se souviendra de la tragédie de Thinh ? Il n'avait plus les mots pour la raconter, à supposer qu'il ait jamais désiré le faire, et ses proches, pudiques par instinct autant que par éducation, ont toujours évité d'en discuter. De ces deux égarés, l'un avait été écouté, l'autre réduit au silence. Thinh n'avait abandonné aucun indice derrière lui, nul testament, nulle déclaration, emportant dans la tombe le mystère de sa déraison. À présent encore, je n'aurais su dire si sa maladie était d'origine physiologique ou psychologique, s'il était schizophrène, paranoïaque, bipolaire, ou bien dépressif, victime d'un isolement excessif et d'un profond mal-être, si ceci avait mené à cela ou l'inverse. La douleur de « l'oncle bizarre » avait un visage, une histoire, mais elle n'avait pas de nom. C'était un homme qui, contrairement à Albert, n'avait jamais eu droit à aucune revanche ni consolation, et qui était mort comme il avait vécu, comme il avait souffert : inaperçu.

Quand j'étais petite, mon père ne cessait de m'offrir des jeux éducatifs. Dédaignant les poupées et les dînettes, il préférait les Lego, un train électrique, un laboratoire de petit chimiste, un microscope, une panoplie d'astronaute ou de bricoleur en herbe. Il m'en expliquait le fonctionnement avec l'enthousiasme de l'enfant qu'il n'était plus – l'enfant qui aurait adoré recevoir tous ces cadeaux. Rien ne l'intéressait tant que l'observation du monde, dont il aurait aimé pouvoir décortiquer le moindre rouage. Pour mes dix ans, j'ai ainsi reçu un enregistreur à piles Philips que je me suis mise à emporter partout où j'allais. L'appareil me passionnait et me rassurait tout à la fois. D'une certaine manière il justifiait ma présence, comme si j'avais trouvé, grâce à lui, un rôle à ma mesure : gardienne de traces, fussent-elles humbles et même insignifiantes en apparence. J'enregistrais le chant des oiseaux le matin, les cuillers cognant contre les tasses lorsque ma grand-mère, toujours matinale, préparait le petit déjeuner pour toute la famille, la radio dans la voiture de ma mère quand elle me conduisait à l'école, la cloche sonnant le rassemblement des élèves par classes sur fond de bavardages. J'enregistrais le vacarme de la cantine, l'instituteur dictant sur un ton traînant un texte de Marcel Pagnol ou de Victor Hugo, les courses-poursuites rythmées par les cris et les claquements de semelles sur le bitume de la cour de récré, le car hoquetant qui me ramenait à l'arrêt où ma grand-mère venait me chercher, les bêlements des moutons de la ferme devant laquelle nous passions tous les après-midi pour rentrer à la maison.

Plus tard, j'ai commencé à réaliser des montages sonores d'événements du quotidien : anniversaires, sorties en famille et entre copains, vacances... Puis je me suis amusée à dresser la cartographie – sonore, toujours – de lieux familiers ou encore à faire le « portrait chinois » des gens autour de moi, à partir des bruits et des musiques qui me les évoquaient, des expressions qu'ils employaient, voire de bribes d'échanges qui leur étaient caractéristiques. Le « portrait » de mon père comprenait ainsi le sifflement de la cafetière (il était incapable d'affronter la journée sans deux tasses d'expresso), le froissement soyeux du tissu de ses costumes (tenue de rigueur pour la semaine), le cliquetis de ses doigts sur le clavier de l'ordinateur (son principal outil de travail), quelques-uns des innombrables « Pardon ? » empreints d'une surprise embarrassée qu'il lâchait dès qu'on lui adressait la parole, enfin le démarreur de sa voiture qui l'emportait parfois plusieurs jours loin de nous, son métier le forçant régulièrement à faire la tournée de ses clients pour leur présenter les programmes informatiques qu'il avait conçus.

Plus tard encore, je suis devenue obsédée par l'idée de capter tout ce qui émettait le moindre son sur cette terre, et surtout ce qui n'en émettait pas. De même que les Inuits disposent de dizaines de mots pour désigner la neige (la neige qui tombe, la neige sur le sol, la neige soulevée par le vent, la neige dure, la neige fraîche, la neige fondue, la neige tassée...), il existait des dizaines, des centaines de silences et je n'aurais rien aimé tant que de pouvoir les graver sur disque ou cassette pour pouvoir les ressusciter à loisir. Le silence pénétré d'une bibliothèque n'a rien à voir avec celui d'un appartement désert plongé dans la nuit, ou de la campagne, l'hiver, tôt le matin, quand il fait si froid que le chant même des oiseaux semble avoir gelé dans leur gorge. Le silence consterné de ma sœur découverte en train de fumer à l'arrière de la maison était très différent du silence attentif de ma grand-mère lisant la lettre d'une lointaine parente restée au pays, de celui intense, presque douloureux, de ma mère rédigeant un article sur une expérience de chimie, ou encore de celui, aussi lisse et uniforme que la surface d'un lac, de mon père, si souvent perdu dans ses pensées qu'il était capable de laisser passer de longues minutes sans dire un mot, à table ou ailleurs.

Mon père au sourire hésitant et aux yeux noirs comme la tourbe, qui ne posait jamais de questions et ne m'avait jamais fait la moindre remarque, considérait que les gestes valaient davantage que les discours. Année après année, il a continué à m'offrir de nouveaux enregistreurs même si lui et moi restions pareillement discrets sur cette drôle d'activité qui absorbait tout mon temps, sans que je sache vraiment pourquoi, ces montages n'ayant de sens que pour moi et mon ambition de capter les différentes formes de silence étant d'évidence vouée à l'échec. Rester à l'affût, à l'écoute des hommes et des choses, est ainsi devenu une habitude, une façon d'être qui correspondait à ma nature profonde. Ni mon père ni moi n'avons jamais mentionné le rôle qu'il a joué dans le choix de ma profession, pas plus que nous n'avons jamais parlé de mes goûts ou de ma carrière ; nous n'étions pas du genre à pratiquer les échanges à cœur ouvert.

Enfant chétif, adolescent maigrichon, étudiant tuberculeux – ce qui lui avait valu plusieurs mois de sanatorium pendant sa deuxième année en France –, mon père n'a jamais été doté de la moindre résistance physique. Sa silhouette élégante masquait un passé de langueur et d'anémie. Quand il était jeune homme, les cours de sport relevaient pour lui de la torture. Un après-midi où le professeur avait imposé à tous les garçons de la classe de courir un dix mille mètres, il s'était rapidement laissé distancer, d'un tour, puis de deux, puis de trois. Il allait aussi vite que sa constitution le lui permettait, mais manifestement pas assez aux yeux du professeur, qui n'avait cessé de le harceler, d'abord par des coups de sifflet toujours plus aigus et rapprochés, puis, lâchant le sifflet, en le mitraillant de furieux « Plus vite ! Plus vite ! » et en agitant les bras en tous sens, tel un animal enragé. La tête bourdonnante et les poumons en feu, mon père, épuisé, trempé de sueur, était bien incapable d'accélérer. Tandis que l'entraîneur en était presque à lui hurler des insultes, ses muscles le mettaient au supplice et son corps tout entier se tordait de souffrance, comme dissous dans la douleur. Il avait continué pourtant, il avait couru jusqu'au bout de lui-même, frôlant l'implosion, et ne s'était arrêté qu'après avoir bouclé les dix kilomètres réglementaires – au moins sept ou huit minutes après tous les autres. Le professeur lui avait jeté un regard méprisant avant de se détourner ; il ignorait qu'il venait d'assister à une victoire inouïe sur soi-même.

Mon père m'avait fait cette confidence devant une retransmission télévisée des jeux Olympiques de Séoul. Assise près de lui sur le canapé, la petite fille que j'étais alors avait vu l'Allemande de l'Est Kristin Otto, privée des JO de Los Angeles en 1984 pour cause de boycott par la RDA, prendre sa revanche en natation en remportant six médailles d'or, la Soviétique Elena Shushunova batailler dur contre la Roumaine Daniela Silivas en gymnastique artistique, le Canadien Ben Johnson disqualifié pour dopage trois jours après avoir raflé le cent mètres au ncz et à la barbe de l'Américain Carl Lewis. Mon père, lui, se passionnait pour les courses de fond et de demi-fond, comme il se passionnait pour le cyclisme, parce que ces sports n'étaient pas qu'une question de rapidité et de puissance, ils exigeaient aussi de l'instinct, un dosage de l'effort et une stratégie de placement par rapport aux autres concurrents. Le sport en général se teintait de science, ce qui renforçait l'intérêt fanatique que mon père lui vouait.

Séoul avait introduit une nouveauté : le dix mille mètres féminin. C'est une représentante de l'URSS, la brune Olga Bondarenko, qui a triomphé lors de cette première édition. Quand elle est montée sur la plus haute marche du podium, toute de rouge vêtue, ses cheveux encore noués en queue-de-cheval, mon père a eu un sourire pensif. Le défilé des champions communistes le rendait songeur, qui décrochaient victoire sur victoire en affichant la même concentration, la même maîtrise, la même discipline frottée d'austérité. La mâchoire dure et les muscles saillants, les athlètes de ces pays pareils à d'inexpugnables forteresses figuraient parmi les rares privilégiés à pouvoir en sortir. Leurs exploits leur avaient valu un passeport pour l'étranger et un laissez-passer pour un meilleur avenir. Comme eux, mon père était doué d'un sens de la compétition, d'un goût de la performance sans lequel il n'aurait jamais pu gagner la France, et sans doute cela expliquait-il le plaisir si vif qu'il avait à regarder ces athlètes qui tâchaient de se surpasser toujours davantage. En dépit de sa fragilité physique, il se reconnaissait en eux – il avait ressenti ce qu'ils ressentaient, partagé les mêmes ambitions, brûlé du même désir de réussir.

Pendant mon séjour à New York, j'ai passé autant d'heures sur le mémoire du docteur Philippe Tissié que devant la télé pour suivre les jeux Olympiques de Londres. Les ondes en étaient saturées, comme elles l'avaient été quatre ans plus tôt par les JO de Pékin huit ans plus tôt par ceux d'Athènes, et ainsi de suite, la remontée dans le temps s'accompagnant de bonds dans l'espace, de Sydney à Atlanta et d'Atlanta à Barcelone. Les Jeux, tels que Pierre de Coubertin rêvait de les ressusciter, n'existaient pas encore à l'époque d'Albert Dadas, mais il s'en était fallu de peu. Aurait-il vu le jour dix ou vingt ans plus tard qu'il aurait trouvé, peut-être, ce qu'il semblait chercher avec tant de persévérance : sa juste place. Sa vitesse et son endurance hors du commun auraient fait merveille sur la piste d'un stade, et qui sait si cela n'aurait pas été le meilleur moyen de canaliser ses pulsions de fuite ? Les coureurs qui voyageaient sur toute la surface de la planète, comme il avait fantasmé de le faire, dans le seul but de prendre le départ, encore et encore, sans autre destination que la ligne marquant la fin de l'épreuve, et par là, leur victoire ou leur défaite, étaient-ils tellement différents du premier « touriste pathologique » ?

Si le temps et les circonstances avaient permis au patient du docteur Tissié de devenir un coureur professionnel, sa propension à égarer son passeport aurait toutefois eu des conséquences bien plus graves dans l'Europe du XXIe siècle que dans celle du XIXe. Car Albert n'avait jamais vraiment eu besoin de papiers ni d'argent, en définitive : il avait atterri à maintes reprises en prison du fait de ses vagabondages, mais il avait toujours été relâché. Quand il était en difficulté, il lui suffisait généralement de faire appel au consul : à Francfort, Budapest, Düsseldorf, Bâle, Constantinople, celui-ci lui avait à chaque fois remis un billet de train ou un peu d'argent pour rentrer chez lui – même si Albert en profitait pour aller autre part. D'autres secours lui avaient été octroyés, à intervalles plus ou moins réguliers. À Liège, la société française locale lui avait procuré un kilo de pain assorti de vingt sous ; à Prague, des étudiants avaient organisé une quête qui lui avait rapporté huit florins (et une chemise). Il avait payé son billet pour l'Afrique en échangeant son costume neuf contre un vieux chez un brocanteur, et son trajet de retour en fourbissant les cuivres du navire sur lequel il avait embarqué. Un commis-voyageur belge lui avait fait l'aumône aux portes de Vienne et un zouave offert une gamelle et deux biscuits à Alger. Il avait subsisté sans trop de peine grâce au troc, au chapardage et à de petits métiers : quand il ne déchargeait pas du minerai à Charleroi, il trouvait à s'employer dans une fabrique de céruse à Bruxelles, où les ouvriers ne travaillaient jamais longtemps à cause des risques d'intoxication saturnine, ou bien poussait des brouettes de tuiles à Mulhouse. Il s'était toujours débrouillé pour gagner de quoi reprendre son chemin.

Au XXIe siècle, on communiquait plus vite, on circulait plus vite et on se rendait d'un pays à un autre comme on traverse la rue. Dans le même temps, de nouvelles frontières ne cessaient de s'élever. Des enclaves se multipliaient à l'intérieur de certaines métropoles, tandis que des bidonvilles s'étendaient aux portes des autres. On ne comptait plus les lieux de « sédentarité forcée » et les revendications territoriales surgies d'un passé oublié, les refoulements des immigrés aux frontières et leurs reconductions *manu militari* dans leur pays après un séjour en camp de rétention. La terre avait pris les dimensions d'un village, mais uniquement pour ceux qui étaient en règle – ceux qui en avaient les moyens. Deux mondes coexistaient sur la même planète, et lors des jeux Olympiques de Londres, où s'étaient réunis des athlètes venus de tous les continents pour défiler aux couleurs de leur patrie tout en célébrant l'internationalisme et les valeurs universelles du sport, ces mondes parallèles se sont soudain rencontrés en la personne d'une jeune fille de vingt et un ans, une sprinteuse aux traits fins et aux yeux ardents, dont le visage est apparu un soir sur le petit écran, assorti d'un commentaire qui déroulait son histoire.

J'étais assise sur le canapé que mes amis avaient chiné aux puces de Hell's Kitchen, le mémoire du docteur Tissié étalé sur la table basse, et je venais d'allumer la télé afin d'avaler ma ration quotidienne de JO. C'est alors que j'ai vu un reportage sur Samia Yusuf Omar. Née et vivant en Somalie, Samia Yusuf Omar avait enflammé les foules lors de sa première et unique série du deux cents mètres aux Jeux de Pékin, en 2008, alors qu'elle avait tout juste dix-sept ans. Avec un chronomètre de trente-deux secondes, elle s'était classée bonne dernière, à plus de huit secondes de ses concurrentes. Elle n'en avait pas moins attiré tous les regards. Sa peau brunie par le soleil contrastait avec le bandeau blanc, marqué d'une petite virgule rouge, qui lui ceignait le front, et sa silhouette mince, aussi délicate qu'un trait de pinceau, tranchait sur les corps musclés de ses concurrentes. De même que sa tenue : au lieu d'une culotte et d'un maillot moulant découvrant de sculpturaux abdominaux, elle portait un pantalon Spandex lui arrivant aux genoux, un T-shirt large et des chaussures qui lui avaient été offertes quelques jours plus tôt par l'équipe soudanaise. L'apparition de cette toute jeune femme avait suscité une onde de sympathie et le stade entier avait vibré tandis qu'elle s'était élancée sur la piste, déterminée à faire honneur à son pays. Sa course lui avait valu l'attention des médias, l'espace d'un instant. Issue d'une nation en proie à la destruction et à la misère depuis deux décennies, femme et athlète, porte-drapeau lors de la cérémonie d'ouverture, elle avait été érigée en symbole d'espoir. Peu importait que sa performance fût anecdotique : sa présence était en soi une victoire.

Le reportage, qui montrait le début et la fin de sa course pékinoise et s'achevait sur un hommage de l'ancien athlète somalien Bile Abdi, n'avait pas duré plus d'une minute. Soixante secondes d'images et de commentaires prononcés sur le ton étudié, faussement neutre, qu'affecte la presse télévisée. Soixante secondes qui m'ont laissé une impression d'inachèvement et de tristesse ; un sentiment d'irréparable aussi, auquel je n'ai su répondre autrement qu'en rouvrant mon ordinateur, avec l'espoir d'apprendre tout ce qu'il était possible d'apprendre sur cette coureuse « présumée morte » en avril 2012, dont j'ignorais jusqu'au nom si peu de temps auparavant. Cette fois, mes recherches n'ont pas débouché sur un imposant mémoire, mais sur une multitude d'articles dont la longueur dépassait rarement la demi-page. Ce n'était donc pas en triant, mais en rassemblant et ravaudant les informations des uns et des autres qu'il devenait possible de reconstituer un semblant d'itinéraire et de vie, avec d'autant plus de prudence que presque aucun des journalistes n'avait ne serait-ce que croisé Samia.

Samia naît en 1991, l'année du renversement du dictateur Siad Barre qui marque le début du chaos en Somalie. Elle passe son enfance et son adolescence à Mogadiscio, considérée comme la ville la plus dangereuse du monde. Quand elle a seize ans, son père et son oncle meurent dans une explosion lors d'une attaque au mortier sur le marché où ils travaillaient. Elle quitte alors l'école pour s'occuper de ses six frères et sœurs pendant que sa mère entreprend de vendre des légumes. Elle range la maison, fait les lessives, nettoie les sols. Lave et change les petits, les soigne, les calme, leur donne à manger – quand il y a à manger. Dans le même temps, les chefs de guerre se disputent le pays comme des chiens s'acharnant sur un os ou un bout de viande. Les différentes régions proclament leur indépendance et les villes se fragmentent en microterritoires minés par la violence et l'anarchie pendant que les interventions extérieures vont de fiasco en fiasco. « On s'est toujours battu en Somalie, pour l'eau, les pâturages et le bétail, a un jour observé un diplomate. Mais là où on se battait avec des flèches et des poignards, on le fait à présent avec des AK-47. »

À Mogadiscio, des immeubles entiers se sont effondrés sous les bombardements. D'autres n'ont plus de façade et laissent voir l'intérieur des appartements – papier peint à fleurs déchiré, tuyauterie éventrée, appareils ménagers explosés. Tout ce qui pouvait être récupéré l'a été ; il ne reste que bris, miettes, fragments. Les ruines d'anciens palais se découpent, blanches sur le ciel bleu, et les tanks ont remplacé les voitures dans les rues défoncées, grises de poussière et de plâtre, qu'aucun lampadaire n'éclaire plus la nuit venue – on se terre chez soi dès six heures du soir. Il n'y a plus ni tribunaux, ni commissariats, ni pouvoirs, ni institutions publiques en état de fonctionner. Les ordures s'accumulent, les camps de réfugiés se multiplient, et la capitale se vide de ses habitants comme on se vide de son sang. Chaque jour Samia prie pour que sa mère revienne vivante du marché. On dînera de pâtes ou de pain sucré, elle accommodera les légumes abîmés – carottes molles, salades flétries, courgettes amères –, les fruits blets ou trop mûrs. On couchera les enfants et on se couchera soi-même en espérant qu'il y aura un lendemain. Islamiques ou claniques, radicales ou modérées, les factions se déchirent, les alliances se succèdent, les frontières ne cessent de disparaître et de se remodeler. Peu importe qui est au pouvoir ce mois-ci, cette semaine ou ce jour-là : toujours les combats reprennent, et l'on continue de recevoir une balle dans la tête pour avoir voulu rendre visite à un voisin.

Beaucoup se contentent de survivre. Pas Samia. Son père a été tué en pleine rue, elle a abandonné ses études et à seize ans se retrouve seule avec ses frères et sœurs dans une maison dont les murs tiennent à peine debout, pendant que sa mère vend juste assez de légumes pour qu'ils ne meurent pas de faim. Elle a besoin de rêve et d'évasion. À l'école, personne n'était aussi rapide qu'elle à la course. Elle battait haut la main tous ses camarades, filles et garçons confondus. On s'exclamait et on l'applaudissait à tout rompre, tandis que son professeur disait qu'il fallait à tout prix cultiver son don. Samia pour sa part songeait simplement que c'était bon de sentir le vent dans ses cheveux, le soleil sur sa nuque et l'air fouetté d'eau et de sel sur son visage au moment où elle s'élançait. Que c'était bon de se sentir libre, de ne penser qu'à courir, à aller vite, encore plus vite, toujours plus vite, comme si rien d'autre ne comptait. Filer sur la piste lui donnait le sentiment d'exister, c'était son talent, quelque chose qui lui appartenait et que nul ne pouvait lui enlever. Elle n'était plus uniquement une fille, une sœur ou une élève, elle était elle-même quand elle prenait le départ, oubliant pour quelques merveilleuses secondes les disparus et les blessés, la terreur, la misère, le feu toujours recommencé.

À la mort de son père, elle cesse donc d'aller en classe mais pas au stade, où elle commence à s'entraîner de manière plus poussée, en professionnelle. Avec ses trente-cinq mille places, le stade a accueilli des matches de football, des concerts géants à ciel ouvert, des adresses présidentielles à la nation. Après quinze ans de bombardements et de destructions, il tient désormais davantage du site archéologique que de l'équipement sportif de haut niveau. L'enceinte ressemble à une coquille écrasée et les pistes sont trouées, il faut slalomer entre les nids-de-poule ou sauter pardessus. Samia s'y rend plusieurs fois par semaine pour retrouver l'ivresse de courir, goûter à l'adrénaline qui envahit ses veines et sa tête à l'instant où elle accélère pour venir battre, dans les derniers mètres, ses camarades. Les entraîneurs, les athlètes qu'ils conseillent, elle comme les autres, risquent la mort simplement parce qu'ils se trouvent là. Le stade servant aussi de base stratégique aux divers mouvements qui se succèdent au pouvoir, sa réquisition, les menaces d'extrémistes islamistes, le passage de bandes armées à ses portes empêchent régulièrement la jeune fille de participer aux séances d'entraînement ou de rentrer à la maison après. Elle couche alors sur place, enveloppée dans un drap, et garde les yeux fixés au ciel, un T-shirt plié en guise d'oreiller.

Samia n'a aucun lieu ou pays en tête quand elle chausse ses tennis et prend position aux côtés des autres sprinteuses. Elle veut juste être ailleurs en esprit, à défaut de pouvoir s'envoler pour une métropole d'Europe ou d'Amérique où elle et les siens seraient en sécurité. Imagine-t-elle que ses courses obstinées l'amèneront à voyager pour de bon et à laisser derrière elle, l'espace de quelques journées, les affrontements et destructions dont son existence est semée ? Son premier déplacement comme représentante officielle de la Somalie est empreint d'une joyeuse absurdité. Les championnats juniors d'Afrique de l'Est devaient réunir neuf pays dans l'étouffante chaleur de Djibouti, mais seuls six d'entre eux sont au rendez-vous. Les listes d'athlètes semblent avoir été visitées par un génie farceur qui a mélangé les noms et les âges de tous les participants. Samia n'en est pas victime parce qu'on a tout simplement oublié de l'inscrire – ce qu'un sourire et un gribouillis au crayon suffisent à réparer. Au moment de défiler, on s'aperçoit que les hampes des drapeaux ont disparu, et il faut dépêcher en hâte quelqu'un au marché pour acheter six manches à balai. Un jeune homme perché sur une chaise branlante choque deux bouts de bois l'un contre l'autre et les concurrents s'élancent. Samia finit cinquième sur huit. Elle danse toute la nuit et retourne chez elle plus libre et plus légère.

Les choses prennent une autre dimension à Addis-Abeba, en Éthiopie, avec les championnats d'Afrique d'athlétisme, qui réunissent des sportifs rompus aux compétitions de haut niveau. Tous sont entraînés et conseillés par des coaches, suivent un programme qui a été spécialement conçu pour eux, et bénéficient d'équipements, de sponsors, de contrats publicitaires. J'ai imaginé Samia les observant en silence. Elle qui n'a rien ni personne, mais qui se promet que ce ne sera pas toujours le cas, qu'elle conquerra sa place à force de résolution. Elle prendra soin des siens, arrachera sa mère et ses frères et sœurs aux horreurs de Mogadiscio, les habillera, les nourrira, les protégera. Elle s'en fait le serment avant de revenir chez elle pour travailler d'arrache-pied. Toutes ses heures de liberté sont consacrées à courir, courir, toujours courir, plus vite, plus longtemps, en testant différents rythmes et allures, accélérant ici et ralentissant là, raccourcissant ou allongeant la foulée, mettant l'accent sur un appui ou un autre, positionnant comme ci ou comme ça les bras, le cou, les jambes. Elle teste tout ce qu'elle peut tester. Samia ne veut plus seulement gagner : elle en a *besoin*.

Lorsqu'elle arrive dernière de sa série aux JO de Pékin, la détresse transparaît un instant sur son visage. Elle souffle quelques secondes, hors d'haleine, avant de comprendre que les applaudissements et hourras qui soulèvent le stade s'adressent à elle. La foule salue la beauté du geste, le courage de cette jeune fille surgie de nulle part et prête à tout affronter. Les médias tombent amoureux d'elle : qui est cette frêle adolescente à la peau caramel et aux yeux vifs ? Comment a-t-elle réussi à quitter l'État le plus défaillant de la planète pour venir se mesurer aux meilleures sprinteuses mondiales ? La reverra-t-on ? La flamme des JO a jeté un peu de lumière dans l'obscurité de la guerre civile et semble dire qu'un autre destin est possible pour Samia et ses compatriotes. Assaillie par les journalistes, elle enfouit sa déception au tréfonds d'elle-même et évoque avec un grand sourire l'intensité du moment qu'elle vit. Son émerveillement. Prendre l'avion pour la Chine, défiler auprès des plus grands athlètes, porter et lever son drapeau… La semaine olympique laissera en elle un souvenir indélébile. « *We felt like we were very important people* », déclare-t-elle. Le sentiment d'être quelqu'un, répète-t-elle plus bas.

De retour à Mogadiscio, Samia est chaudement accueillie par sa famille et ses voisins. Personne d'autre n'est là pour la féliciter. Ni la télévision ni la radio, en effet, n'ont retransmis la course et la jeune femme rentre chez elle aussi inconnue qu'elle en était partie. Une chance, car la situation politique s'est entre-temps dramatiquement dégradée. Les « Shebab », les islamistes radicaux, dominent toutes les autres factions à présent. Le gouvernement modéré, le seul reconnu sur le plan international, n'est plus maître que de quelques kilomètres carrés dans la ville. On décrète la charia et Samia doit se couvrir de la tête aux pieds, dissimuler la moindre parcelle de sa peau sous d'amples tissus sombres, tandis que la population se voit interdire le sport sous toutes ses formes, porter un maillot, regarder des compétitions à la télé, participer à une quelconque activité sportive. Un jour qu'elle tente de se glisser dans le stade afin de faire quelques tours de piste, elle se heurte à la milice et manque d'être exécutée sur place.

Samia cache qu'elle a représenté la Somalie à Pékin – nie qu'elle est une sprinteuse. Pendant quelques mois, elle demeure dans sa maison avec le reste de sa famille ; l'environnement est devenu si instable que sa mère est forcée d'arrêter de vendre ses légumes. Les patrouilles surveillent les faits et gestes de chacun. Ce qu'on écoute, ce qu'on regarde, les lieux où l'on se rend. La contrainte et l'arbitraire règnent en maître. La capitale n'est plus qu'une prison à ciel ouvert. Quand le sifflement des balles s'apaise, la jeune femme se penche au-dehors et tâche de voir au-delà des lignes brisées des bâtiments. Elle cherche des yeux les eaux frangées d'écume de l'océan Indien, où des nuances de turquoise, de saphir et de lapis-lazuli se fondent et s'entrelacent tour à tour. De là-bas, peut-être, on peut imaginer Mogadiscio sans ligne de front, sans combats de rue, sans check points. Mogadiscio comme elle ne l'a jamais connu et comme elle ne le connaîtra jamais, sans doute.

La mère de Samia décide de déménager avec ses enfants. Réfugiés avec des milliers d'autres personnes dans un camp situé à vingt kilomètres de la capitale, ils se retrouvent parqués comme des bêtes, sans eau courante ni électricité, avec des morceaux de tôle et de tissu en guise de murs et des sacs en plastique en guise de toits. Il n'y a rien pour se soigner, rien à boire, à peine à manger – on fait la queue pendant des heures pour recevoir la ration de maïs et le peu de soupe de légumes distribués six jours par semaine sous la surveillance de gardes armés. On dort dans la crasse et la promiscuité tandis que des bandes circulent entre les abris et sectionnent ici et là les fils reliant les bâches entre elles et les morceaux des tentes de fortune pour s'emparer du peu que les déplacés ont emporté avec eux. Pourquoi s'infliger une telle torture, perdre tout ce qui vous reste de dignité, dans la vaine attente d'un miracle ? Autant mourir chez soi... Aussi la famille quitte-t-elle le camp après moins d'un mois.

Samia, elle, choisit de plier une nouvelle fois bagage. De partir plus loin, dans l'espoir de mieux revenir. Être une athlète lui a permis de s'envoler vers d'autres pays d'Afrique et d'ailleurs, où elle a vu s'esquisser la possibilité d'un lendemain. La course a été son passeport et son identité. Maintenant qu'elle doit chercher à l'étranger la sécurité, le stade et l'entraîneur que son pays lui refuse, le cours des choses s'inverse ; s'en aller est la seule solution. Elle qui courait pour s'évader doit à présent s'évader pour courir. Et c'est à Addis-Abeba qu'elle tente sa chance. Après les JO de Pékin, elle a troqué le sprint pour le mille cinq cents mètres. Elle espère pouvoir faire la différence non sur la vitesse, mais sur l'endurance. Sa force est là : dans sa détermination, sa capacité à résister à la douleur, sa lutte opiniâtre contre les obstacles qui ne cessent de s'élever sur sa route. Voisine immédiate de la Somalie, l'Éthiopie est mondialement réputée pour ses spécialistes du fond et du demi-fond, de Haile Gebreselassie, qui a établi plus de vingt records du monde, à Tirunesh Dibaba, double championne olympique à Pékin. Samia ne peut rêver mieux.

Une tante et des cousins habitant Addis-Abeba lui procurent un abri sûr. Tout danger de persécution est désormais écarté ; il reste à obtenir la permission de s'entraîner avec l'équipe officielle, sous la supervision d'un coach d'envergure internationale – quelqu'un comme Eshetu Tura, ancien médaillé du trois mille mètres haies aux JO de Moscou, ou le docteur Yilma Berta, entraîneur en chef de l'équipe olympique. N'étant pas éthiopienne, Samia doit s'armer de patience. Elle a besoin au minimum d'une lettre de son ambassade pour entamer les démarches nécessaires à son admission ; doit régler elle-même nombre de frais que la Fédération éthiopienne couvre pour ses athlètes ; et bien sûr, il lui faut montrer qu'elle a le potentiel pour rivaliser avec les meilleurs athlètes du pays en affichant des temps éblouissants. Seulement, comment obtenir des performances dignes de ce nom quand s'entraîner était impossible et que c'est là précisément la raison pour laquelle elle est partie ?

Avant et après ses rendez-vous avec Tura et Berta, Samia converse avec une journaliste, Teresa Krug, qui tirera de leurs rencontres un long article – celui qui servira de référence à beaucoup d'autres, et l'un des premiers que j'ai trouvés sur le Net. Elle décrit Samia qui sourit, fredonne des chansons pop à la mode, fait claquer son chewing-gum, échange des plaisanteries avec d'autres coureurs. La jeune femme affiche peps et humour, dissimule son angoisse. Son regard témoigne à la fois de son excitation et de son inquiétude. Les deux cent cinquante meilleurs coureurs d'Éthiopie ont été sélectionnés pour s'entraîner avec l'équipe nationale et, sur ce nombre, les trois meilleurs de chaque discipline seront retenus pour participer aux compétitions internationales, dont les

JO. Le temps de Samia sur mille cinq cents mètres s'élève à cinq minutes ; il lui faut gagner au moins quarante secondes. C'est énorme, et elle ne l'ignore pas. Contemplant depuis les tribunes les coureurs de divers clubs venus s'entraîner dans le stade, elle finit par avouer qu'elle a terriblement peur de l'équipe nationale. Elle ne la craignait pas lors des derniers championnats d'Afrique, mais elle en a très peur à présent, répète-t-elle, les yeux perdus dans la foule des amateurs, hommes et femmes, qui s'exercent ici à l'endurance, là à la vitesse. Ils s'échauffent et s'encouragent avec de grands gestes, heureux de pratiquer leur activité de prédilection. Ils bénéficient de privilèges auxquels la sportive professionnelle qu'est Samia n'a jamais eu droit parce qu'elle est née au mauvais endroit, au mauvais moment.

Injustice évidente, cruelle, absurde, et pourtant acceptée, comme si elle faisait partie de l'ordre des choses. Une sourde révolte est montée en moi. Pour l'alimenter, peut-être, j'ai repassé encore et encore la vidéo, dénichée sur Youtube, de la course pékinoise de Samia. J'ai observé sa silhouette solitaire sur le bord de l'écran quand les autres compétitrices franchissaient d'une même foulée ou presque la ligne d'arrivée, laissant loin derrière celle qui s'efforçait, en vain, de rester à leur hauteur. Je me suis attardée sur ses yeux mélancoliquement baissés, sa bouche qui esquissait une moue de découragement, son corps qui tâchait de reprendre sa respiration, si menu dans la gigantesque arène. J'ai cliqué et recliqué, traquant le moindre sujet dédié à Samia. Des commentaires en français, russe, anglais, italien, arabe résonnaient dans le living-room de mes amis new-yorkais. Sans les comprendre, je savais que leurs propos ne variaient pas davantage que les images, toujours les mêmes : celles de cette série du deux cents mètres qui n'avait permis à son héroïne de sortir de l'ombre que pour y replonger aussitôt.

Teresa Krug est la dernière à avoir livré des détails précis sur Samia. La suite des événements était beaucoup plus trouble, comme un tableau aux contours brouillés, indistincts. Les informations se diluaient en rumeurs dont on avait perdu et la substance et l'origine. Samia a-t-elle atteint son objectif à Addis-Abeba ? Sans doute pas puisqu'elle en est repartie. Destination l'Europe, où elle espère bénéficier d'un entraîneur et des équipements qui continuent de lui manquer pour préparer les jeux Olympiques de Londres en 2012. Mais tandis que sa sœur Hodan, réfugiée en Finlande, se lance dans les démarches administratives pour la faire venir auprès d'elle, Samia disparaît soudain, avant de refaire surface au Soudan, où elle demande un peu d'argent à sa famille et à des membres de la diaspora. En ayant obtenu, elle poursuit donc son chemin… pour se perdre dans le désert, où elle est détenue plusieurs mois. Comment, pourquoi, par qui ? On l'ignorait. Seule chose sûre, sa quête s'est peu à peu confondue avec le rêve d'Eldorado cultivé par des myriades de clandestins. Parvenue en Libye en septembre 2011, elle joint sa mère par téléphone. Toujours convaincue de pouvoir, à terme, gagner de l'argent en courant, elle lui annonce son intention de s'embarquer pour l'Italie. Ce sera un voyage éprouvant, mais elle ne voit pas d'autre issue. Elle lui dit de prier pour elle, répète qu'elle lui manque et promet qu'elles seront bientôt réunies – en Europe.

Le bateau surchargé – la *patera*, comme on appelle ces esquifs de fortune – se retrouve à court de carburant aux trois quarts de la traversée. Les passagers dérivent au gré des vagues, incapables d'exercer le moindre contrôle sur leur trajectoire. Ils sont heureusement repérés par des garde-côtes italiens qui leur lancent des cordes en leur disant de nager pour venir les rejoindre. Samia s'exécute, l'œil fixé sur le navire. Le salut est là, à deux cents mètres, la distance qu'elle a courue aux JO. Elle pensait qu'elle avait une chance de gagner, ce jour-là, et elle avait mis toute son énergie, tout son espoir et son désespoir dans sa course, elle avait donné tout ce qu'elle avait – elle avait toujours donné tout ce qu'elle avait, mais ça n'avait pas été assez, ça ne sera *jamais* assez. Elle était arrivée dernière, à huit secondes de toutes les autres concurrentes, et aujourd'hui, sous l'éclat diamanté du soleil qui l'aveugle, la voilà qui sent son corps lâcher alors qu'elle a parcouru la moitié à peine du trajet. Le regard brûlé par le sel et les larmes, elle se débat pendant une minute, une longue minute d'agonie. Puis, suffoquée, trop faible pour se maintenir à la surface, elle cesse de résister. Elle abandonne le monde comme il l'a abandonnée. Laisse les eaux se refermer sur elle pour retrouver les milliers d'hommes et de femmes qui reposent au fond de la Méditerranée. « *We felt like we were very important people* – on a eu le sentiment d'être des gens très importants », avait-elle confié à Pékin.

Son ultime départ n'aurait pas fait plus de bruit qu'un caillou qui coule au fond d'un lac si Bile Abdi, champion du monde 1987 du mille cinq cents mètres, n'avait pris la parole au lendemain de la double victoire de Mo Farah à Londres. Dans le reportage télévisé que j'avais regardé en cet été new-yorkais, Bile Abdi rappelait que l'homme qui venait de remporter l'or des cinq mille et dix mille mètres avait quitté la Somalie pour l'Angleterre en 1991 – l'année même de la naissance de Samia, à laquelle il avait rendu hommage. Ce n'est qu'alors, des mois après la disparition de la jeune femme, que les journalistes ont commencé à s'émouvoir de son sort. S'apercevant soudain que l'histoire entamée lors des olympiades de Pékin s'était bouclée en un cercle parfait. Qu'une tragédie contemporaine était tombée du ciel – de quoi nourrir une flopée de dépêches, de reportages et d'articles dans presque toutes les langues. Le visage en cœur et la silhouette gracile de son héroïne n'avaient pas tardé à s'afficher dans la presse, sur Internet et à la télévision, entrant à présent en résonance dans mon esprit avec les quelques lignes consacrées à Albert Dadas dans le musée du Queens. Comme lorsqu'on joue une note au piano et qu'une harmonique correspondant à la fréquence d'une autre note du clavier amène celle-ci à vibrer à son tour, et fait alors entendre ce que l'on nomme poétiquement un « fantôme ». Mais là où Albert avait traversé les frontières les unes après les autres suivant une route à la fois chaotique et fluide, Samia s'était heurtée à toutes celles qu'elle avait tenté de franchir, encore et encore. Elle s'était vue opposer des barrières physiques, financières, administratives, sociales, et malgré son souffle et son énergie, elle en était restée captive. Prisonnière, comme Thinh l'avait été de son exil géographique et mental.

Le lendemain de ma visite à la galerie du Queens et de la diffusion du reportage sur Samia, j'ai décidé de passer la journée à Staten Island, le seul *borough* que je n'avais pas encore exploré. Accoudée au bastingage du ferry, j'ai posé un regard incertain sur Ellis Island et la statue de la Liberté. On les apercevait au loin, en surimpression l'une de l'autre, comme amalgamées sur l'horizon. Ellis Island, qui avait vu passer plus de douze millions de candidats à la nationalité américaine et en avait renvoyé deux cent cinquante mille, occasionnant trois mille suicides. « Ellis Island, lieu de l'exil, c'est-à-dire de l'absence de lieu, du non-lieu, du nulle part », avait écrit l'un de mes auteurs préférés. Lieu de la mort avant la renaissance, de la perte d'identité avant la reconquête de soi, lieu de la dispersion et de la diaspora dont je sentais la présence tout en tâchant de la tenir à distance, concentrée sur un souvenir d'enfance surgi des flots gris-bleu que fendait le bateau et que je contemplais comme si je pouvais m'y perdre corps et âme.

J'ai six ans, ce sont mes premières vacances à la mer, toute la famille a pris ses quartiers dans une station balnéaire de Vendée, l'océan Atlantique arbore une nuance d'acier identique à celle de la baie sur laquelle naviguait le ferry aujourd'hui, et le ciel est pareil à celui surplombant le port de New York, un azur d'une pureté parfaite, sans l'ombre d'un nuage, aussi immaculé qu'une vitre qu'on vient de nettoyer. Ma mère m'a mis un maillot de bain vert orné d'une guirlande de volants et je marche sur le sable caramélisé par le soleil, pas à pas je m'éloigne des quelques mètres carrés où se sont installés mes parents et ma sœur ; je tâche en toute discrétion d'échapper à leur surveillance pour m'isoler dans un coin plus tranquille, dissimulé par une barrière de rochers. Je me suis mis en tête d'apprendre à nager seule et de leur en faire la surprise. Une fois à l'abri des regards, j'avance avec prudence, jusqu'à avoir de l'eau jusqu'aux épaules, et esquisse quelques mouvements de brasse tout en clopinant d'un pied sur l'autre afin de me donner de l'élan. Je parviens à me maintenir en suspension sur un mètre, puis deux, puis trois, et m'enhardis. Il me semble que j'ai compris la manœuvre et j'avance pour mieux flotter, l'eau m'arrive au cou maintenant, j'étends mes mouvements, allonge mon corps suivant une parallèle au sol, comme mon père m'a appris à le faire, et réussis quasiment à nager cinq mètres avant de me sentir retomber. L'ivresse de la victoire me monte à la tête comme une bulle de champagne, avant de se muer en terreur car le sol se dérobe, des enfants à marée basse ont creusé un trou que la marée haute a rempli et je viens de tomber dedans sans même comprendre ce qui se passait, je constate seulement que je n'ai plus pied, je cherche en vain un appui dans le vide, coule, bois la tasse, panique, me débats, reviens brièvement à la surface, bois encore la tasse, fais le yoyo tandis que la mer me brûle la gorge et les yeux, tente d'appeler au secours mais mes cris sont aussitôt étouffés, noyés comme je le serai moi-même bientôt, mes efforts pour nager sont de plus en plus douloureux, insupportables, impossible de respirer autre chose que la mer, la mer qui m'envahit, la mer qui m'engloutit, la mer partout alors que je sombre, sur le point de renoncer et de glisser dans l'inconscience, quand je me sens soudain soulevée, arrachée à ce qui a failli devenir mon sépulcre, l'air et la lumière me parviennent de nouveau, la vie reprend, je suis sauvée, il faut à présent tousser et cracher entre les hoquets et les pleurs pendant que mon père me serre contre lui en murmurant des mots apaisants, « Ça va aller, répète-t-il, ça va aller, respire, Line, respire... », et je respire, obéissant à la voix douce, si avare de mots d'habitude, la voix en laquelle j'ai toujours eu confiance, en laquelle je ne cesserai jamais d'avoir confiance.

Sa voix que j'entendais si rarement, cette voix si précieuse à présent, en cet été new-yorkais, je regrettais de ne pas en avoir imprimé la moindre inflexion sur des bandes soigneusement mises de côté, je regrettais de ne pas avoir enregistré les confidences qu'elle m'avait soufflées presque malgré elle. Car la mort de « l'oncle bizarre » et le récit qui s'en était suivi avaient fissuré la chape posée par mon père sur le passé.

Pendant plus de soixante ans, il avait gardé ses souvenirs enfermés en lui. Il avait travaillé, travaillé, travaillé, afin de s'assurer que les siens ne manqueraient de rien. Il avait agi comme si sa vie n'avait d'autre but que de rendre la leur plus facile, plus confortable. Très étourdi, égarant en permanence ses affaires, journaux, clefs, papiers de voiture et d'identité, il était toujours là pour soutenir ses filles, et nous prouvait son attachement non par des caresses ou des paroles amies, mais par des attentions concrètes : nous déposer chaque matin à l'école, nous accompagner à nos cours de danse, de solfège, de piano, de tennis, ou encore venir chercher l'une de nous à la sortie d'une soirée en boîte à trois heures du matin, afin de s'assurer qu'elle ne ferait pas de mauvaises rencontres sur le chemin du retour.

Il ne fallait pas compter sur lui, en revanche, pour tenir une conversation. Il semblait tomber d'une autre planète chaque fois que je lui parlais et j'étais forcée de répéter mes phrases à plusieurs reprises avant de pouvoir l'atteindre ; on aurait dit que sa conscience était recouverte d'une pellicule transparente, d'un fin voile de verre qui l'isolait du reste de l'univers. Dans ses instants de distraction, il avait dans ses yeux et son sourire quelque chose de lumineux qui le rajeunissait de vingt ans, et peut-être en effet remontait-il le temps alors pour se replonger dans une époque dont j'ignorais tout… Il sortait de cet état comme on s'éveille d'un songe, l'air un peu perdu. Il était mal à l'aise dès qu'il lui fallait ouvrir la bouche et je mettais cela sur le compte de son histoire difficile autant que de son caractère. Le silence était son élément naturel.

En m'endormant ce soir-là, après mon tour à Staten Island, j'ai repensé aux révélations de mon père sur Thinh ; un fait d'autant plus inhabituel que, pris dans son élan, il s'était mis à parler d'un ou plutôt d'une autre camarade d'enfance avec laquelle Thinh et lui étudiaient du temps de leur jeunesse saïgonnaise. Alors qu'il me raccompagnait en voiture, après ce dîner de retrouvailles où la lumière avait enfin été faite sur « l'oncle bizarre », il avait soudain évoqué cette cousine, Hoai, dont je n'avais jamais entendu parler jusqu'alors, et qui espérait comme eux partir pour l'étranger. Ce qu'elle avait fait, mais bien plus tard, en embarquant sur un bateau.

La première fois que mon père avait vu Hoai, elle n'était qu'une enfant au regard inquiet et aux longs cheveux noirs formant une sorte de masque soyeux derrière lequel elle abritait un sourire plein de timidité. Ma grand-mère et lui étaient venus rendre visite à la mère de Hoai, sa tante par alliance, qui parvenait difficilement à assurer sa subsistance et celle de ses trois filles depuis la mort de son époux. Son travail était particulièrement dur : elle trottinait toute la journée dans les rues de la capitale avec un gigantesque thermos sur le dos, dont elle extrayait un peu de glace sitôt qu'on lui en demandait. Inlassablement, elle parcourait la ville en attendant d'être hélée, portant sa lourde charge d'eau gelée dans la moite chaleur du sud, le chignon trempé de sueur, et après plusieurs années de ce labeur harassant, elle avait enfin pu s'offrir la paillote qu'elle avait louée durant de longues années. Sa petite famille avait beau n'y tenir qu'avec difficulté, ce logis était devenu l'une de ses plus grandes fiertés. Elle avait beaucoup lutté pour mettre de côté l'argent nécessaire à l'achat de ce toit, seule chose qui constituât un rempart contre la rue et ses misères, seule chose témoignant de sa force d'âme et qu'elle pourrait léguer comme telle à ses enfants.

Elle n'avait pas imaginé que la veille de la visite de mon père et de ma grand-mère, qui était un jour de fête nationale – un jour de joie célébré dans toute la ville à coups de chansons, de défilés costumés, de feux d'artifice –, quelques étincelles échappées d'une fusée tomberaient sur la maison de paille, que celle-ci s'enflammerait aussitôt et que les années passées à traverser et retraverser Saigon en serrant les dents, à se lever chaque matin malgré l'épuisement, le dos cassé, les douleurs dans les bras et la nuque, seraient réduites en cendres en quelques secondes. Encore devait-elle s'estimer heureuse de n'avoir pas grillé vive avec ses filles et d'avoir pu se réfugier chez une voisine compatissante. Après avoir surpris leur parente en larmes devant sa demeure anéantie, ma grand-mère et mon père avaient pris un thé avec elle, désolés de ce malheur qu'eux-mêmes ne pouvaient guère soulager – à la mort de mon grand-père paternel, ils avaient été forcés d'abandonner leur foyer et se trouvaient totalement démunis.

Tristes circonstances, donc, que celles de la première rencontre entre mon père et Hoai. Ils s'étaient jeté un regard en coin, séparés par la table basse où fumait une théière de porcelaine, et n'avaient pas eu besoin d'échanger un seul mot pour saisir qu'ils étaient faits du même bois – enfants discrets, fragiles de santé, peu diserts, dont la douceur ne laissait guère présager l'endurance et la volonté. Au regard avait succédé un sourire : ils s'étaient reconnus et acceptés pour ce qu'ils étaient, scellant avec une simplicité qui tenait de l'évidence une amitié dont ils savaient qu'elle ne nécessiterait ni serment ni promesse solennelle, et tiendrait à une complicité silencieuse – celle qui unit les êtres qui d'instinct se comprennent.

La mère de Hoai ne s'est pas laissé abattre après l'incendie de sa maison – elle n'en avait ni le temps ni les moyens. Il fallait survivre, et puisqu'elle n'avait presque plus rien, elle s'est adaptée : elle a ouvert une épicerie dans un local à peine plus grand qu'un cagibi. On venait chez elle acheter une tasse de farine, trois cuillerées de sucre, quelques centilitres d'huile ; deux pincées de sel ou de poivre, une branche de menthe, un bol de grains de riz ; un dé de *nuoc-mam* ou de vinaigre. Ceux qui avaient besoin d'ingrédients en quantités négligeables, ceux surtout qui n'avaient pas d'autre choix car ils ne possédaient pas de quoi s'offrir une bouteille d'huile ou un sac de farine, trouvaient chez elle leur bonheur. Ils n'étaient pas peu nombreux en cette fin des années cinquante : les combats dans les campagnes avaient beaucoup nui aux récoltes et se nourrir coûtait toujours plus cher.

Le magasin s'est agrandi et la mère de Hoai a pu y adjoindre une affaire demandant un investissement plus important : une imprimerie. Celle-ci n'a pas tardé à fonctionner du matin au soir et du soir au matin. On était en période de guerre, et la propagande battait son plein. Pas un jour ne passait sans l'arrivée de nouvelles commandes d'affiches, de tracts et de prospectus, qui étaient ensuite distribués à des milliers d'exemplaires, largués par avion dans toute la région, quand ils ne tapissaient pas les murs de la capitale. S'y ajoutaient les journaux et feuilles d'opinion diffusés à chaque coin de rue. Pendant que les combats entre communistes et non-communistes faisaient rage, Saigon menaçait de se noyer sous les slogans et les formules, les discours grandiloquents, les exhortations brandies comme autant de fusils ; le gouvernement et l'armée du Sud consommaient autant d'encre et de papier que de balles. Bientôt, la mère de Hoai a fait construire un premier étage au-dessus de la boutique, où elle a installé de nouvelles machines.

Les deux aînées, qui l'aidaient à tenir l'épicerie et à faire marcher l'imprimerie, n'ont pu faire d'études, contrairement à Hoai. Sa mère espérait pour elle une réussite supérieure à la sienne, la réussite tout simplement. Tandis qu'elles servaient toutes les trois les clients et livraient les commandes sans s'accorder de repos, la benjamine bûchait assidûment ses leçons en compagnie de mon père et de ses deux cousins, qui la considéraient comme un membre de la famille. Elle était aussi douée qu'eux et caressait des projets identiques : s'en aller pour mieux revenir, aider sa mère et ses sœurs, veiller sur leurs vieux jours comme elles-mêmes avaient veillé sur elle.

Tout paraissait réglé d'avance. Hoai prendrait ses marques dans une métropole où l'on parlait, mangeait, vivait et pensait autrement qu'en son pays. Elle passerait les concours, entrerait dans une grande école, obtiendrait un poste dans une entreprise française ou américaine, enverrait de l'argent tous les mois à sa mère et à ses sœurs. S'adapterait en évitant de regarder en arrière de peur de se laisser aller à une nostalgie inutile ; mènerait une vie semblable à celle de mon père, avec lequel elle échangerait régulièrement des nouvelles. Car les amis d'enfance n'auraient jamais perdu contact, se soutenant mutuellement dans leurs épreuves, se relayant pour rendre visite à Thinh, l'écouter, prendre soin de lui. Mon père et nous-mêmes serions venus la voir le week-end et l'aurions reçue chez nous lors des traditionnelles réunions de famille ; ma sœur et moi aurions connu depuis toujours cette tante belle et affectueuse, qui aurait été comme une deuxième mère pour nous.

Seulement Hoai n'a pas pris l'avion pour Paris. Elle n'a jamais accompli le destin qu'on lui avait tracé. Ce ne furent ni la maladie ni l'étau de la guerre et de la terreur religieuse et idéologique qui l'ont empêchée de poursuivre sa route : elle est seulement tombée amoureuse. Elle a rencontré un garçon de son âge et su au premier regard qu'elle préférait mourir plutôt que de passer sa vie loin de lui. Nam, aussi cabot, drôle et sociable qu'elle était secrète et introvertie, avait ravi son cœur en un clignement de paupières. Quelque chose avait éclaté dans sa poitrine et dans son ventre, une fièvre lui était montée à la tête, avait fait battre son sang et s'était répandue dans tout son corps, dans chaque muscle, chaque veine, chaque cellule. Il ne lui avait pas adressé la parole qu'il l'avait déjà conquise tout entière. Elle avait eu le coup de foudre pour son sourire crâne, ses yeux brillants comme des billes d'obsidienne, la désinvolture de ses gestes et de ses attitudes, l'élan qui le portait. Aimé de ses camarades comme de ses professeurs, Nam était le prototype de l'élève populaire. Il dégageait une énergie et une ardeur qui donnaient envie de le suivre jusqu'au bout du monde.

Lui fut séduit par la réserve et la délicatesse de Hoai. Elle était jolie, très jolie même, avec ses grands yeux veloutés, ses pommettes hautes, ses lèvres pleines, sa peau dorée. Elle marchait comme on danse et son port de tête attirait tous les regards malgré son désir de passer inaperçue. Et puis c'était une jeune fille intelligente, avec qui il pouvait converser d'égal à égal – tous deux étaient passionnés de chimie et discutaient de longues heures de leurs hypothèses et de leurs expériences, avant de comparer leurs résultats. Leurs discussions ont vite pris un tour plus romantique et ils se sont fiancés au début des années soixante-dix, alors que Hoai venait d'entrer à l'université. Nam a alors décidé de rejoindre les cohortes de jeunes gens qui aspiraient au combat sur les champs de bataille, que ce soit par conviction politique, goût de l'aventure ou soif de gloire.

Le mot « cieux » aurait mieux convenu que celui de « champs » : comme beaucoup, Nam, en s'engageant dans l'armée du Sud, avait demandé à intégrer les rangs des pilotes de chasse, sans doute à cause de leur image plus noble liée au rêve enfantin de pouvoir maîtriser les airs, parcourir des milliers de kilomètres en quelques minutes, évoluer au milieu des nuages. Il s'imaginait filer dans l'éther sans plus d'efforts que pour traverser une forêt à vélo, oubliant qu'il ne s'agirait pas uniquement de contempler le monde d'en haut et qu'il n'y avait pas plus d'héroïsme à tuer à distance, dans ou depuis le bleu du ciel, que sur terre ; c'était seulement plus propre, parce qu'il y avait moins de risques d'être éclaboussé par le cerveau ou les intestins d'un adversaire et que l'odeur des corps carbonisés était en partie chassée par le vent. Comme la chance de se retrouver dans le cockpit d'un avion de chasse ne pouvait être donnée à tous, les candidats étaient souvent orientés vers une formation plus simple, plus rapide et moins coûteuse pour l'armée : celle de pilote d'hélicoptère. Nam a accepté l'offre sans avoir conscience qu'il courrait bien plus de risques que les autres soldats. Enfermé dans un appareil lent, relativement proche du sol, il constituait une cible de choix pour les mitraillettes et les bazookas. Plusieurs de ses camarades et amis ont ainsi péri dans une explosion, ne laissant d'eux qu'un peu de chair fondue dans une carcasse de fer. Il a toutefois échappé à ce sort, moins du fait de son habileté que de la seule chance, la guerre fauchant les uns comme elle épargne les autres, à l'aveugle.

Nam combattait les troupes communistes qui gagnaient chaque jour du terrain, tandis que Hoai, enceinte de sept mois, restait chez eux, confinée dans leur chambre. Les complications de sa grossesse l'obligeaient à demeurer allongée plusieurs heures par jour. Étendue sur le lit, un grand verre d'eau et un plateau de nourriture posés sur la table de chevet, le ventre dissimulé sous un drap de coton, elle fixait le plafond tout en s'éventant avec un journal qui proclamait de nouvelles « victoires décisives » pour le gouvernement du Sud, et s'efforçait de ne pas penser aux dangers courus par son époux. Il rentrait aussi souvent que possible à la maison et, entre deux missions, posait son hélicoptère dans un terrain vague à proximité pour passer quelques instants avec elle. Les médecins l'avaient encouragé à calmer l'angoisse de son épouse, mauvaise pour le bébé, et il tâchait de se montrer rassurant, bien que lui-même le fût de moins en moins. Non sans raison. Quelques semaines plus tard, Saigon chutait.

Le 30 avril 1975, alors que des luttes acharnées se poursuivaient dans les rues et qu'on évacuait l'ambassade américaine devant une population saisie d'hystérie, Nam a pris son appareil et survolé la ville saccagée pour aller chercher Hoai et l'emmener avec lui en Amérique, ainsi qu'ils en avaient tous deux convenu au cas où les choses tourneraient mal. Il a trouvé leur maison ravagée par un incendie. La chambre où sa femme avait passé tant de semaines allongée, le visage pâli par la fatigue et l'anxiété, n'était plus que ruines. L'un des murs s'était écroulé, il ne restait plus rien du lit, des rideaux, de la table de chevet, plus rien de Hoai elle-même, dont il a hurlé en vain le nom au milieu des crépitements. À demi aveuglé, la figure couverte de suie et de sueur, il a cherché celle qu'il aimait, jusqu'à en perdre la voix à force de crier, jusqu'à ce que l'hélicoptère fût cerné par le feu et menaçât d'exploser avec lui, jusqu'à ce qu'il n'eût plus d'autre solution que de remonter dedans et de décoller. Il ignorait que Hoai avait été transportée d'urgence à l'hôpital après de violentes contractions : l'annonce de la chute de la capitale et de l'arrivée imminente des Viêt-congs avait précipité l'accouchement. Dans l'affolement général, personne n'avait songé à le prévenir, personne ne l'avait pu, surtout, et la jeune femme mit au monde un petit garçon au moment même où lui quittait Saigon pour ne plus revenir, convaincu que ce qu'il avait de plus précieux au monde avait été anéanti par les flammes.

Le Viêtnam où Hoai s'est éveillée n'avait plus rien à voir avec celui où elle avait vécu. Si l'apocalypse annoncée par l'ancien régime en cas de victoire des Viêt-congs n'a pas eu lieu, le gouvernement n'en a pas moins mis en place les mesures destinées à convertir la population du Sud aux vertus du communisme… Le parti unique, la fin de l'économie de marché et la saisie des biens appartenant à l'engeance capitaliste ont été décrétés – et une fois encore la mère de Hoai a été dépouillée de tous ses biens, l'épicerie et l'imprimerie ayant été confisquées par les nouvelles autorités. Tous ceux qui avaient été au service de l'ancien système, fonctionnaires, magistrats, militaires, ont été envoyés en camp de rééducation. Plusieurs années à dormir dans des baraquements insalubres, à travailler jusqu'à l'épuisement au défrichage de forêts ou à la construction de routes, à avaler des mouches et des hannetons tant la faim leur étranglait l'estomac, à subir les coups, les insultes et les humiliations supposées faire d'eux d'honorables membres de la société nouvelle : tel aurait été le sort de Nam s'il était resté.

Femme et fils d'un ancien soldat du Sud, donc d'un traître à la patrie, Hoai et Thanh ont eu toutes les peines du monde à survivre dans un univers gangrené par la pauvreté, la corruption et les trafics, l'endoctrinement et la délation, où l'on surveillait jusqu'au bol de riz que vous aviez miraculeusement réussi à vous procurer – la nourriture étant rationnée. Hoai n'avait plus de maison, plus d'argent, plus d'héritage ni d'avenir, plus rien pouvant lui donner envie de continuer, à part son amour pour son fils et l'espoir de revoir Nam. Pas un jour ne passait sans qu'elle songeât à lui, obstinément, même si aucune nouvelle ne pouvait lui parvenir : les frontières étaient fermées, les communications filtrées, la circulation des personnes et des informations soumise à un contrôle draconien. Elle ignorait s'il savait seulement qu'elle n'avait pas péri dans l'incendie, qu'il avait un fils, que tous deux ne pensaient qu'à le rejoindre. Car tous ses efforts étaient désormais consacrés à cette tâche : rassembler de quoi pouvoir quitter le Viêtnam afin d'embarquer pour une Amérique doublement rêvée.

Huit ans se sont écoulés. Huit ans de gêne, de misère même, où Hoai s'était privée de tout, rognant sur la moindre dépense afin d'épargner la somme exorbitante exigée par le passeur. Thanh avait eu le temps de grandir pour devenir un petit garçon aux yeux et aux mains de son père, avec le même charme désinvolte, la même fougue pleine de grâce, ce qui donnait envie à Hoai de tour à tour le couvrir de baisers et de le serrer contre elle, le cœur broyé, tant il lui rappelait son mari. Quand enfin elle a pris place avec lui dans l'embarcation qui devait les emmener auprès de celui auquel elle n'avait cessé de penser depuis qu'ils étaient séparés, elle a jeté un dernier regard en arrière. Le Viêtnam avait beau s'être mué en une terre de désolation, où régnaient la pénurie généralisée et la peur du lendemain, il avait été son pays et le demeurerait à jamais, même de l'autre côté de l'océan. Elle a éprouvé une bouffée de tendresse pour sa mère et ses deux sœurs qui, avant son départ, lui avaient remis une enveloppe contenant tout ce qu'elles avaient pu économiser elles-mêmes, se sacrifiant comme toujours pour le bien-être de la petite dernière.

Sa main serrait celle de son fils, qui essayait de modérer son excitation de crainte d'ennuyer sa mère, qu'il chérissait plus que tout. Thanh se taisait mais ses yeux étincelaient comme des gemmes, et s'il s'était écouté, il aurait couru dans tous les sens sur le pont en bondissant d'allégresse. C'était la première fois qu'il montait sur un bateau, la première fois qu'il entreprenait un voyage digne de ce nom. Et quel voyage… certes pénible, hérissé de doutes et de peines, où il devrait s'armer de beaucoup de patience, ainsi que le lui avait expliqué Hoai, mais au bout, son vœu le plus cher serait exaucé : rencontrer l'homme à qui il devait la vie, ce père qu'il n'avait jamais connu et dont sa mère lui parlait depuis qu'il était tout bébé. Les souvenirs qu'elle avait de Nam, distillés à l'oreille de Thanh au fil des ans, avaient remplacé pour son fils les histoires et contes de fées que les enfants réclament le soir avant de s'endormir. Son père n'était pas bien différent dans l'esprit de Thanh des héros de légende qui peuplaient les songes de ses petits camarades. N'avait-il pas sillonné le ciel sur un destrier volant, tout de feu et de fer ? Triomphé d'un nombre incalculable d'ennemis au péril de sa vie ? Pris tous les risques pour la gloire de son pays et la protection des siens ? Les siens qu'il attendait et espérait depuis lors, Thanh en avait la certitude, et qui partaient aujourd'hui le retrouver, dans ce Nouveau Monde enchanteur où l'existence serait tellement plus belle et plus douce. Où il n'y aurait plus de larmes ni de sanglots versés tard dans la nuit, quand Hoai croyait son fils endormi. Où celle-ci recouvrerait le sourire et la joie de vivre, où la famille serait enfin réunie.

Le rêve de Thanh s'est très vite brisé sur la réalité. Le cargo surchargé n'avait pas quitté la côte depuis quarante-huit heures qu'il était arraisonné par des pirates thaïlandais. Ils ont violé la plupart des femmes – un sort auquel Hoai a échappé par hasard – et dépouillé les passagers de tout ce qu'ils avaient pu emporter. Argent, bijoux, montres, lunettes… Ils se sont également emparés de plusieurs pièces de la salle des machines. Les moteurs antédiluviens ne s'en sont pas remis ; les pannes se sont multipliées et une violente tempête a achevé de les détruire. Les passagers ont alors été forcés de se laisser porter par les flots et de lancer des signaux de détresse, dans l'espoir qu'une embarcation les capterait et viendrait les sauver. La traversée, programmée pour durer quelques jours, s'est bientôt comptée en semaines. Les provisions se sont épuisées et il a fallu rationner l'eau, passer de cinq tasses par jour et par personne à trois, puis deux. Cuit par le soleil, le cargo s'est mué en étuve. La santé des uns et des autres a tôt fait d'être la proie de la chaleur, du manque d'hygiène et de nourriture, de l'eau croupie, grouillante de bactéries. Affamés, déshydratés, affaiblis par la fièvre et la maladie, les gens restaient confinés dans la cale ou se traînaient avec difficulté sur le pont pour aspirer un peu d'air.

En proie à des nausées qui lui faisaient rendre tout ce qu'il absorbait, le corps si recouvert d'eczéma qu'il n'était plus qu'une immense plaie, Thanh ne s'est pas plaint une seule fois. Dans un premier temps, il avait voulu se montrer courageux pour que sa mère fût fière de lui. Puis il avait simplement perdu la force de parler, et même de gémir. Il réagissait à peine lorsque Hoai tâchait de glisser entre ses lèvres desséchées par le soleil et craquelées par le sel une gorgée d'eau et quelques grains de riz qu'elle avait préalablement mâchés pour les réduire en bouillie. Sa tête ballottait doucement entre les bras de la jeune femme, qui le berçait en fredonnant, les yeux pleins de larmes, la chanson qu'il préférait entre toutes. La réverbération de la mer opaque et laiteuse, qui tendait à se confondre avec le ciel chauffé à blanc, avait rendu Hoai à moitié aveugle. Il n'y avait plus un souffle de vent, et le monde était devenu absolument immobile, suspendu dans le temps et l'espace, comme dans un univers parallèle où chaque seconde contenait l'éternité. Hoai avait cessé de compter les heures et les jours, elle berçait son enfant au milieu de l'infini, ses larmes s'étaient arrêtées de couler, asséchées par la lumière que reflétaient les flots lisses comme un miroir sans tain, mais elle continuait de chanter pour accompagner Thanh dans son dernier voyage, et c'était ainsi qu'il était mort, sans se plaindre, comme il se l'était promis, sans un mot ni un bruit, dans les bras de sa mère qui avait chanté longtemps encore, tandis qu'elle caressait ses cheveux, faisait sa toilette, l'enveloppait dans un drap de coton qu'on avait lesté de ferraille. C'est seulement quand le petit corps a disparu dans les eaux sans rides, englouti dans son tombeau liquide, que la voix de Hoai s'est éteinte.

Elle n'était plus qu'une ombre lorsqu'un navire qui avait capté leurs SOS a surgi à l'horizon, le lendemain matin. Le regard vide, elle s'est contentée de suivre ses compagnons qui montaient à bord et, incapable d'avaler quoi que ce soit, s'est juste résolue à boire un peu d'eau sucrée. Si seulement, si seulement, ne cessait-elle de se répéter en elle-même. Si seulement ce bateau était arrivé plus tôt. Si seulement je n'avais pas emmené Thanh avec moi. Si seulement nous étions restés au Viêtnam. Si seulement, si seulement. Puis : comment vais-je pouvoir annoncer à Nam que son enfant, notre enfant, n'est plus ? Comment peut-on dire dans la même seconde à quelqu'un qu'il a eu un fils et que ce fils est mort ? Comment pourra-t-il me pardonner, comment arriverai-je jamais à me pardonner ? Et encore : si seulement Thanh avait résisté un jour de plus. Si seulement j'avais pris plus de médicaments et de provisions avec moi. Si seulement je n'étais pas partie. Si seulement, si seulement. Ses pensées balançaient sans fin entre ce qui aurait pu être et ce qui allait être, mais elle se les formulait sans énergie, à la manière d'un automate. Elle se trouvait au-delà de la faim et de la soif, au-delà de l'épuisement, au-delà du chagrin.

Lorsqu'elle a débarqué sur le rivage américain, elle a aussitôt été prise en charge par un organisme qui lui a demandé si elle avait de la famille aux États-Unis. Elle a donné le nom de Nam. On a fait des recherches. Et c'est ainsi qu'elle a appris que l'homme qu'elle aimait, persuadé qu'elle avait péri avec leur enfant le jour de la chute de Saigon, s'était remarié.

Elle n'avait plus jamais donné de nouvelles après ça, m'avait confié mon père alors qu'il me ramenait chez moi après notre repas familial et les révélations qu'il m'avait faites sur Thinh. Elle l'avait appelé au moment de son arrivée aux États-Unis, lui avait raconté sa terrible traversée et demandé s'il pouvait envoyer un peu d'argent à sa mère ; elle ne s'était plus manifestée depuis. Il ne s'était pas passé une semaine sans qu'il songeât à elle, avait-il ajouté d'une voix basse et désolée, que j'avais peine à entendre à cause de la pluie qui frappait la voiture de manière ininterrompue. Plusieurs fois, mon père avait cru apercevoir sa cousine, au restaurant, dans le métro, au détour d'une rue. Ses longs cheveux noirs. Son geste si gracieux pour replacer une mèche derrière l'oreille. Son rire léger comme un grelot. Durant des années, il n'avait cessé d'espérer un coup de téléphone ou un courrier. Quelques phrases griffonnées sur une carte postale lui auraient suffi. Mais il n'avait rien reçu et, encore aujourd'hui, il ignorait ce qu'elle était devenue, si elle était morte ou vivante, s'il la reverrait jamais.

Il existe plusieurs photos d'Albert Dadas. Des clichés en noir et blanc le montrent dans son état normal, à la sortie d'une crise d'« automatisme ambulatoire » (une des nombreuses appellations de la dromomanie), ou encore sous hypnose. Sur l'une des séries, il porte une veste de velours sombre et un foulard blanc, sur une autre un gilet et un veston à petits carreaux avec une lavallière assortie. Il a les yeux enfoncés dans les orbites, le nez fort, le front haut, un brin dégarni. Il arbore une moustache, comme la plupart de ses contemporains, mais s'épargne la barbe. On le voit tantôt les yeux ouverts, l'air un peu rêveur et une esquisse de sourire sur les lèvres, en bon garçon obligeant qu'il est, tantôt les paupières baissées et les coins de la bouche tirant vers le bas lorsqu'il est soumis à la suggestion par le docteur Tissié, qui lui commande d'avoir chaud aux pieds, de sentir sa tête se dégager dès qu'il respire un parfum de Corylopsis, ou encore de ne pas partir en voyage jusqu'à Leipzig mais de se contenter de marcher dans

Bordeaux. J'ai également déniché une gravure représentant les deux hommes lors d'une séance d'hypnotisme, ainsi qu'un dessin où le médecin avait lui-même croqué au crayon le profil droit d'Albert, dont il avait accentué le nez et le menton, ce qui lui donnait l'allure d'un oiseau s'apprêtant à becqueter un grain de maïs ou à percer un tronc d'arbre. La signature de Philippe Tissié figure en bas, dans le coin gauche, comme pour confirmer que le premier fugueur est d'une certaine manière son œuvre.

Prises dans le cadre d'une étude médicale, les photographies d'Albert ont valeur d'illustration et de démonstration, mais elles ne révèlent rien de l'homme qu'il était. Je sais qu'il a chuté d'un arbre à huit ans, qu'il mesurait un mètre soixante-huit, qu'il ne reconnaissait pas certaines couleurs. Qu'il ne fumait pas, ne buvait pas, n'était pas plus joueur que coureur. Qu'il a manqué son premier mariage à cause d'une crise, que celle qu'il a finalement épousée est morte jeune de tuberculose, que leur fille a été élevée par des voisins maraîchers car il ne pouvait prendre soin d'elle dans son état. Mais les informations que j'ai recueillies demeurent factuelles et dénuées d'épaisseur. En dépit de mes efforts, je n'ai qu'un vague aperçu de ce qu'a ressenti Albert, de ses désirs, de ses espoirs et désespoirs. Une part de lui m'échappera toujours. C'est qu'il n'est pas tout à fait « quelqu'un » : il est un cas parmi d'autres avant de devenir *le* cas, celui auquel tous les diagnosticiens du « tourisme pathologique » se rapporteront pendant deux décennies. On lui a permis de subsister, mais comme un paradigme et un représentant exemplaire de la folie du fugueur. Les creux et les absences de sa biographie font partie de son identité. Albert Dadas est par définition une silhouette.

Samia a laissé quelques images, elle aussi, qui paraissent plus familières, plus proches, plus « vraies », tout simplement parce qu'elles sont en couleur et que les techniques modernes permettent de saisir les gens sur le vif, quand il leur fallait demeurer immobiles plusieurs secondes, voire plusieurs minutes, autrefois pour être photographiés. Sur l'une d'elles, elle porte le drapeau de la Somalie lors de la cérémonie d'ouverture de Pékin, vêtue d'un costume traditionnel. Sur d'autres, on la voit avant, pendant et après sa série du deux cents mètres, avec son pantalon Spandex et son large T-shirt, son bandeau retenant ses minces tresses ramenées en queue-de-cheval. Les objectifs l'ont capturée tantôt en plein effort, tantôt récupérant son souffle, penchée en avant, les mains appuyées sur les cuisses, le regard levé vers le ciel. Elle a l'ossature et la légèreté d'un oiseau. Ici, elle est debout et tourne la tête, comme si elle répondait à un appel inaudible pour nous. Là, elle prend la pose aux côtés d'un autre athlète, un compatriote, dans un survêtement aux couleurs de la Somalie, blanc et bleu pâle, qui semble trop grand pour elle et dont la fadeur tranche avec les tons chauds de sa peau et de ses yeux. Un dernier cliché la montre en train de s'entraîner dans le stade d'Addis-Abeba. Sur son visage, on lit la jeunesse et l'attente, un mélange de fragilité, de détresse et de détermination.

Des dizaines de journalistes de par le monde ont conté son histoire, l'ont située et mise en scène, nourrie de descriptions et de détails saisissants – géographie des lieux, sons et couleurs, citations révélatrices – de façon à rendre Samia aussi proche, aussi émouvante que possible. Il y a aussi tous ces films que j'ai visionnés sur Internet – en plus de la fameuse vidéo de la course de Pékin. Je n'ai pas pour autant le sentiment de mieux la connaître qu'Albert. Les images et les articles ne dessinent pas un être de chair et de sang, ils façonnent un symbole. Samia l'athlète luttant contre des forces qui la dépassent, Samia la sprinteuse rattrapée par le destin, ou plus prosaïquement l'indifférence des temps, Samia qui court pour s'évader d'un pays en guerre et qui finit par le quitter pour continuer à courir, et qui en meurt. Sa vie et son caractère ne sont évoqués que pour servir une posture figée – pour incarner la parabole dont elle n'était que le support ou le prétexte.

Je ne possède aucune image, aucune photo de Hoai, qui n'a été érigée ni en paradigme médical ni en héroïne tragique. Les destins d'Albert le fugueur et de Samia la coureuse ont été archivés. Ce qu'ils étaient profondément a été perdu, leur souvenir est partiel et partial, il ne les ressuscitera pas, mais il *existe* : on les a peut-être saisis dans une pose, néanmoins on les a saisis. Hoai est pareille aux sept infortunés – « six femmes et un homme », ont précisé les journaux, mais ils n'ont précisé que cela, rien que cela, « six femmes et un homme » – qui ont coulé avec Samia au fond de la Méditerranée. Elle n'a laissé aucune trace, mis à part dans les mots de mon père et dans ces quelques lignes où palpite l'ombre qu'elle est devenue, qui bientôt s'évanouira, qui s'évanouit déjà.

RETOURS

Assise dans l'avion qui me ramène à Paris, j'observe à travers le hublot la ville qui rapetisse jusqu'à prendre les proportions d'une maquette, puis, entre les nuages en charpie – comme déchiquetés par les multiples vols reliant New York au reste du monde –, je vois l'océan succéder à la terre. Ses eaux ardoise se déploient en une immensité infinie, parallèle au ciel où je m'apprête à passer les sept prochaines heures. J'ai une pensée pour Hoai et pour Samia, pour qui la mer a été si impitoyable, quand elle ne représente pour moi qu'un paysage parmi d'autres ; même pas un obstacle, tout juste la toile de fond, agréable bien qu'un peu monotone, sur laquelle se découpent mes voyages, lesquels n'ont d'autre enjeu que le travail ou le plaisir de l'ailleurs. Survolant en toute tranquillité un espace qui a englouti l'enfant de l'une et la vie de l'autre, je songe que les seules épreuves que j'aurai à affronter à l'issue de mon périple seront l'attente devant le tapis à bagages et l'ennui de devoir faire la queue à la douane. Je dispose des moyens de transport modernes qui ont manqué à

Albert et des libertés dont Hoai et Samia ont été privées. Bénéficie du droit d'aller et venir à ma guise simplement parce que je possède les papiers adéquats, obtenus sans rien faire d'autre que de naître au bon endroit, au bon moment. Ce sont mes parents qui ont conquis ce privilège et me l'ont transmis.

Cette liberté que j'ai longtemps considérée comme allant de soi m'a été accordée de manière ni plus ni moins arbitraire qu'elle a été refusée à ces femmes : il n'y a guère qu'une feuille de papier qui nous sépare, comme j'en ai fait la brutale expérience en 2009 lorsque je me suis rendue à l'antenne de police de mon arrondissement afin de renouveler ma carte d'identité. Je m'étais munie des documents de rigueur, photos, justificatif de domicile, acte de naissance attestant que j'avais vu le jour dans les Hauts-de-Seine, ainsi que mon passeport pour faire bonne mesure. À mon grand étonnement, le préposé, un jeune homme de mon âge, m'a répondu avec une assurance toute administrative que cela « ne prouvait pas » que j'étais française. J'ai cru avoir mal entendu : être née en France de parents français et détenir un passeport français « ne prouvait pas » que j'étais française ? Non, a repris mon interlocuteur sur un ton toujours aussi assuré, plus maintenant. Il avait désormais besoin d'un « décret de réintégration » daté de 1981 précisant que mon père était français. Mais, ai-je expliqué en bredouillant, mes parents résident à l'étranger en ce moment et il n'est pas du tout certain qu'on puisse retrouver un papier qui a plus de trente ans et dont nous n'avons jamais eu besoin jusqu'ici… Dans ce cas, il faudra voir ça avec le Pôle de la nationalité française, dans le treizième. Là-bas, ils vous donneront rendez-vous et examineront votre cas. Mais comment voulez-vous que je leur « prouve » que je suis française si ni mon passeport ni mon lieu de naissance, sans parler d'avoir toujours vécu en France, de parler français, d'être allée à l'école en France, ne suffisent ? Le jeune homme a eu un haussement d'épaules qui exprimait davantage son indifférence que son impuissance. Il n'était pas responsable, il suivait les consignes ; rien de plus, rien de moins. Puis, comme si j'étais devenue invisible, il a adressé un signe à la personne derrière moi.

Bien qu'il fût la distraction en personne, c'est mon père qui se chargeait des paperasses dans la famille, car ma mère avait les formalités en horreur. Je doutais fort qu'il eût mis de côté ce « décret » vieux de trois décennies que personne ne lui avait jamais demandé ; j'avais tort. Il l'avait conservé et, venant à Paris le mois suivant, il me l'a remis à une terrasse de café. Pour un peu, mon existence sans histoire aurait sombré dans une spirale bureaucratique dont j'aurais pu ne jamais sortir ; parce qu'un parti ayant pris le pouvoir annonçait à grands roulements de tambours qu'il allait « prendre des mesures », on devenait hors-la-loi sans s'en apercevoir, dans un monde qui ressemblait fort à celui qu'on croyait connaître et qui pourtant n'était plus le même, un espace-temps parallèle où le bon sens n'avait plus cours, pareil à une monnaie dévaluée.

Toujours laconique, mon père, en me remettant son décret de réintégration de 1981, s'est contenté pour sa part d'observer : « Je me disais bien que ça arriverait un jour. »

Ma petite Line, je vais essayer aujourd'hui de tenir la promesse que je t'ai faite autrefois – tant que je le peux encore. Je suis né en 1946, l'année où a débuté la guerre d'Indochine, dans un village qui était moins un village, à dire vrai, qu'une pluie de fermes dispersées au cœur du delta du fleuve Rouge. Mon grand-père descendait d'une famille de petits mandarins qui s'étaient retirés à la campagne à l'arrivée des Français. Il disposait d'un modeste patrimoine : des rizières, une mare, une porcherie et une basse-cour, un élevage de vers à soie, quelques arbres fruitiers – pastèques, longanes et pommes cannelle. Assez pour nous nourrir et nous habiller, et même pour engager quelques ouvrières pour nous aider à repiquer le riz. On avait toujours travaillé dur dans la région, les gens se levant à l'aube et se couchant bien après la tombée de la nuit, et ma mère, ta grand-mère, était sans cesse à courir : entretenir la maison, préparer les repas, surveiller les ouvriers, soigner les malades, faire les comptes, laver le linge, garder l'œil sur moi… Elle dispensait son énergie tout au long de la journée et recommençait le lendemain inlassablement, tandis que je demeurais assis devant le porche de notre ferme, âgé de trois ou quatre ans au plus, enveloppé dans un pyjama de cotonnade bleue, observant ce qui se passait autour de moi : le transport de la récolte, la truie et ses petits qui s'ébattaient dans la porcherie, l'éclat du soleil sur la mare, les ondulations diamantées de l'eau lorsque les poissons glissaient à sa surface. Nous ne possédions qu'une vingtaine d'arpents de rizières, alors que les voisins en avaient souvent cinquante ou même cent, parce que mon grand-père avait choisi de se faire construire une belle maison plutôt que d'agrandir ses terres. Nous vivions à cinq – mes parents, mes grands-parents et moi – dans cette demeure de briques, toute en longueur, comprenant un salon, deux grandes chambres, une cour carrée où l'on triait le riz et le paddy, et un jardin où les poulets cherchaient des vers. La plus grande fierté de mon grand-père tenait à une autre maison dont il avait lui-même établi les plans. Elle comportait un sol surélevé et un premier étage – un ajout inédit, inspiré des constructions européennes, qui faisait l'envie de tous les voisins. Il en existait une troisième à proximité, une chaumière de paille et de terre battue où vivaient mon oncle, sa femme et son fils, Sun, dont j'étais très proche. Ils nous aidaient à surveiller les travaux des champs.

J'étais un enfant maigre, chétif, un moineau que le monde attendait de dévorer – je lisais ce verdict dans les yeux de ma mère, dans l'amour angoissé dont ils témoignaient, et, pour apaiser cette angoisse, je restais toujours tranquille et ne faisais jamais de caprices, comme si je pouvais compenser par un comportement exemplaire ma fragilité physique. D'un naturel contemplatif, j'aimais détailler et écouter le monde, ce qui ne m'empêchait nullement de profiter des jeux de la campagne, bien au contraire. Grâce à Sun, mon cousin de la maison de paille, j'appris bientôt à siffler en faisant vibrer un brin d'herbe, à chasser les sauterelles à grands yeux qui se posent sur les pousses de jeune riz, à fabriquer des cages en bambou pour les oiseaux que nous capturions. Je faisais mes besoins près de la porcherie, où l'on ramassait les excréments pour les utiliser comme engrais. Lisais dans l'air et le ciel le degré de chaleur et d'humidité du lendemain. Me délectais des vers à soie qu'élevait ma mère, qu'on ramassait et faisait frire avant de les croquer, quand on n'en parfumait pas une bouteille d'alcool. Mon compagnon favori n'était pas un chat ou un chien, mais le buffle de la ferme, né deux ans après moi et que nous appelions tout simplement « Buffle ». Nous avions grandi ensemble et nous connaissions donc depuis toujours. Je lui portais à boire au retour du labour, le soignais, lui parlais. Il tournait la tête vers moi dès qu'il me voyait arriver et remuait les oreilles en signe d'amitié tandis que je caressais son poil doux et dru, plongeant le regard dans ses yeux d'un brun chaud qui me donnaient le sentiment qu'il comprenait tout ce que je disais. J'avais l'habitude de grimper sur lui pour m'endormir contre son encolure, blotti dans sa tiédeur, et il n'était pas rare que ma mère dut venir me chercher dans l'étable pour me coucher dans mon lit.

Tandis que les hôtesses circulent dans l'avion en proposant des boissons, me revient en mémoire la photo de ma première carte d'identité. Je porte la frange, un collier de perles colorées et une robe rose à volants. Je regarde vers le bas, non pas le sol, mais mon père, dont on distingue les bras et les mains sur mes hanches : il me soulève afin que l'appareil automatique puisse fixer sur la pellicule autre chose que l'air au-dessus de moi. Mes doigts sont accrochés aux manches de son costume comme si ma vie en dépendait. C'est l'époque où je pense que mon père et moi ne formons qu'une seule et même entité. « Penser » n'est d'ailleurs pas le bon terme : c'est pour moi un fait aussi naturel que la caresse du soleil sur ma joue, le matin, lorsque ma grand-mère ouvre les volets de ma chambre, ou que les gouttes de rosée sur les herbes du jardin, au printemps et à l'automne. Je crois que mon père ressent tout ce que je ressens, qu'il a vécu les mêmes choses, éprouvé les mêmes besoins, les mêmes désirs, les mêmes colères – je suis une extension de lui et lui de moi. Plusieurs années vont s'écouler avant que nos différences m'apparaissent, que l'instinct cède la place à la réflexion et que j'en vienne à nous considérer comme des personnes distinctes.

J'en ai pris conscience un jour très précis : celui où mon père a évoqué pour la première fois sa vie d'avant – avant moi, avant ma mère, avant la France. Il m'avait emmenée dans une animalerie du quai de la Mégisserie, à Paris, en vue de m'offrir les minuscules tortues de Floride que j'avais demandées pour mes sept ans, et il m'a raconté alors qu'il n'avait pas grandi dans une ville, mais dans une ferme du nord du Viêtnam, entouré de bêtes bien différentes de celles que nous passions à présent en revue. Il avait pour compagnons de jeu non des hamsters ou des lapins nains, mais des grillons qu'il faisait s'affronter à coups de chiquenaude sur leurs élytres, des moineaux qu'il élevait dans des boîtes de lait concentré Nestlé, des libellules qu'il attrapait à l'aide de pièges à colle permettant de conserver intacte la fragile dentelle de leurs ailes azurées. Et c'était le buffle de la ferme qui lui tenait lieu de meilleur ami.

Il ne s'amusait pas avec des Lego, encore moins avec les panoplies scientifiques sophistiquées qu'il aimait m'offrir à Noël, fête aussi inconnue de lui, à l'époque, que les musées d'art dont il aimerait tant parcourir les allées, plus tard. Il jouait avec des toupies de bois sculpté et des cerfs-volants que lui fabriquait son cousin, Sun, auquel il vouait une admiration démesurée. Il ne se lassait pas de le regarder confectionner de fins assemblages de bambou et de soie auxquels il adjoignait un bout de bois taillé en forme de sifflet, si bien que lorsque le vent emportait un cerf-volant dans le ciel, on entendait s'élever un son aussi pur et limpide qu'un ruisseau de montagne. Sun avait aidé chaque enfant du village à en construire un à lui, dans une forme ou avec un motif singuliers, dessin, fanion de couleur, guirlande de feuillage. Les jours de fête, tous partaient par petits groupes dans les collines. Chaque cerf-volant émettait sa note propre et quand, sur un signal convenu d'avance, on les lançait à l'assaut des nuages, on entendait résonner dans tout le delta un chant tissé de ces diverses tonalités qui se diffusaient et se réverbéraient de façon différente selon l'endroit où l'on se tenait, variant dans le soleil couchant comme un morceau de brocart chatoie sous la lumière.

Plus tard, lorsque la guerre a commencé à emporter les hommes du village, l'habitude s'est muée en rite : pour saluer les défunts et guider leurs âmes par-delà les limbes, on improvisait dans le soir des concerts auxquels chacun des enfants apportait son geste et sa voix, comme si le chant des cerfs-volants pouvait conjurer la douleur de la perte, apaiser brièvement le chagrin des familles, leur signifier qu'elles n'étaient pas seules à se souvenir et à dire adieu, pas seules dans l'obscurité qui tombait peu à peu, pas seules puisque ces fragiles constructions de bambou et de soie flottaient autour d'elles, les enveloppant dans un voile de douceur et de consolation.

La vie aurait été laborieuse, mais calme et même bucolique, s'il n'y avait pas eu la guerre. Pas celle à venir, avec le napalm, les mines antipersonnel, les hélicoptères, les kalachnikovs, l'agent orange et les images télévisées ; la guerre alors était moins spectaculaire, plus insidieuse. Sous prétexte de capturer des membres du Viêt-minh, des soldats, tantôt français, tantôt vietnamiens mais formés par les Français, descendaient régulièrement piller les fermes. Sitôt l'alerte donnée, on s'enfuyait en emportant en guise de provisions une boule de riz assaisonnée de mui gung *– un mélange de sel et de gingembre. Comme j'étais trop petit pour vraiment pouvoir courir, ma mère me soulevait dans ses bras pour me prendre sur son dos. Dès qu'on entendait les tirs des mitraillettes, on se laissait tomber dans les rizières, dissimulés dans les hautes herbes, de l'eau jusqu'au-dessous du nez. Avant de partir, je criais toujours à Buffle : « Va! », et il allait alors se cacher dans le foin, où il demeurait sans faire un bruit ni remuer une oreille, jusqu'à mon retour.*

Nous n'avions pas toujours le temps de quitter la ferme, et il nous fallait alors nous tenir immobiles, alignés contre le mur, pendant que les soldats passaient l'endroit au peigne fin. Au début des descentes, un voisin, un vieux monsieur très poli qui tenait beaucoup à sa maison, avait choisi d'y rester. Il comptait proposer aux soldats de prendre tout ce qu'ils désiraient tant qu'ils ne touchaient pas à sa chère demeure. Il avait revêtu une tunique de soie brodée de phénix et de dragons, qu'il n'arborait que lors des grandes occasions, persuadé que sa tenue appuierait ses prières. Le lendemain, on avait retrouvé son corps écroulé contre sa porte, une étoile rouge au front… Pourtant j'avais moins peur pour moi ou même pour ma famille que pour Buffle. Notre mort ne présentait pas d'intérêt, tandis qu'il constituait un butin de choix pour des hommes affamés. Mon cœur battait si fort que j'avais l'impression qu'il allait jaillir de ma poitrine. Mais semaine après semaine, mois après mois, mon ami réussit à leur échapper simplement en se tenant tranquille. Dès qu'ils étaient partis, je me précipitais vers l'étable en l'appelant. Il se dégageait, secouait la tête pour se débarrasser des brins de foin, et je l'aidais à se nettoyer, lustrant sa robe poussiéreuse de mes mains encore tremblantes. J'étais heureux de le retrouver, pareil à ce qu'il avait toujours été. Il me semblait qu'il était l'âme des lieux. Tant qu'il restait en vie, l'espoir et même le bonheur demeuraient à portée de mains – car il y avait une place pour le bonheur, entre deux explosions de violence. Comme si deux rythmes contradictoires, exclusifs l'un de l'autre, alternaient : celui, cyclique, régulier, paisible, de la moisson, et l'autre, brusque, heurté, terrifiant, de la guerre.

J'en ai gardé une étrange nostalgie, confondue avec celle de l'enfance.

Oubliant que nous étions dans cette animalerie parisienne pour dénicher mon cadeau d'anniversaire, j'écoutais mon père comme je ne l'avais jamais écouté jusqu'alors. Je me suis rendu compte, soudain, qu'il avait eu une vie sans moi, indépendamment de moi. Cette pensée m'a désarçonnée. Mais mon désarroi a très vite cédé la place à l'envie de savoir. J'ai guetté avec impatience la suite de l'histoire. Je voulais connaître le petit garçon qu'il avait été et dont l'enfance différait tant de la mienne ; je sentais que c'était important. Seulement, quand le mot de « guerre » lui est venu aux lèvres, mon père s'est troublé. Il s'est interrompu et a tenté de détourner la conversation en faisant mine de découvrir, dans un coin du magasin, les tortues que je convoitais. Refusant de mordre à l'hameçon, j'ai commencé à le bombarder de questions : Buffle avait-il survécu ? Qu'était devenu Sun ? Comment mon père et ma grand-mère en étaient-ils venus à quitter le village ? Et de quelle guerre s'agissait-il, d'ailleurs ? Après quelques secondes de silence, mon père a souri, puis a répondu, sur un ton d'excuse, qu'il n'aurait pas dû se lancer dans ce récit ; que j'étais encore trop jeune et que nous reprendrions cette conversation une autre fois...

Un argument qu'il réemploierait souvent, cette esquive n'étant que la première d'une longue série. Ainsi, chaque fois qu'il achopperait sur une circonstance tragique, un événement pénible ou violent qui avait frappé la famille et qu'il préférait me dissimuler, il se fermerait aussitôt. À ses yeux, ce n'étaient que de vieilles histoires sur lesquelles il était inutile de revenir. J'étais née en France et n'avais jamais connu le manque d'argent ni de nourriture, le deuil, les conflits meurtriers qui avaient poussé mes parents à s'exiler – pourquoi ne pas me laisser dans une ignorance qui était aussi une grâce ? Mon père voulait garder ses douleurs secrètes. Il y voyait un poids dont il n'était nul besoin de charger les épaules de ses enfants, ses filles aux cheveux lisses et aux yeux rieurs, qui n'avaient que des « A » en conduite et des « dix sur dix » dans toutes les matières. Ses filles qui jouaient à l'élastique, à « chat » et à « 1, 2, 3, soleil », insouciantes, inconscientes, comme lui-même n'avait jamais pu l'être.

Aussi pilait-il net, à la manière d'un cheval qui refuse de franchir un obstacle, dès qu'on menaçait d'aborder de trop près son existence antérieure. À quoi bon ? Cela faisait plus de quinze ans qu'il habitait la région parisienne, dix qu'il avait obtenu la nationalité française. Il avait une famille, un métier qui lui plaisait, une grande maison avec jardin. Il pouvait partir où il voulait en vacances et offrir à ses enfants tout ce qui lui avait manqué – la sécurité, le confort, l'assurance d'avoir toujours un toit au-dessus de la tête et de quoi manger dans son assiette, le luxe de cours de danse et de ski, de tennis et de piano. Dans sa voiture de fonction, vêtu d'un costume-cravate qui soulignait sa ligne élancée, il avait fière allure avec sa peau bronzée, ses traits fins, son sourire. Devenu directeur technique d'une importante société d'informatique, il était l'image même de l'intégration – une publicité vivante pour la méritocratie républicaine.

Ne pouvant combattre ouvertement les soldats, nous avions recours à des stratégies détournées. Nous avions caché les porcelaines offertes à mes parents pour leurs noces au dernier étage de la maison, avant d'enlever le plancher de l'étage en question, ce qui empêchait tout accès au toit. Nous mangions les fruits du pommier cannelle et du longanier alors qu'ils étaient encore verts plutôt que de nous laisser piller. Un jour où la troupe était arrivée par surprise et que le temps pressait, nous avions fait rouler et basculer dans la mare une dizaine de pastèques qui, en remontant à la surface, se fondirent dans le paysage d'herbes et de lotus. Les soldats n'y virent que du feu, et ma famille, ce soir-là et les suivants, savoura avec d'autant plus de plaisir la chair sucrée des fruits, d'une transparence de grenat, que la mare l'avait maintenue à une exquise fraîcheur.

C'était Sun qui avait eu l'idée de cacher les pastèques dans la mare. Âgé de seize ans, mon cousin était un malin, très habile de ses mains de surcroît – j'adorais le regarder sculpter et fabriquer toutes sortes de jouets pour les enfants du village et pour moi en particulier. J'étais d'autant plus attaché à lui que mon père et mon grand-père étaient souvent absents. Tous deux appartenaient au Viêt-minh, le mouvement de lutte contre l'occupant français. En ce début des années cinquante, il fédérait officiellement les nationalistes de toute obédience, même si les communistes dominaient nettement l'organisation dans les faits. Mon père et mon grand-père étaient d'ailleurs les seuls non-communistes, ou presque, à avoir un semblant de responsabilité au sein de l'organisation : mon grand-père présidait le comité de résistance du village, et mon père faisait office de second. Ils étaient très occupés – les opérations de nettoyage menées par les troupes françaises avaient lieu pendant la journée tandis que la nuit appartenait au Viêt-minh – et laissaient l'essentiel de la gestion de la ferme à ma mère. C'était une femme de devoir. Elle aimait son mari et craignait pour sa vie, mais elle savait que les deux hommes prenaient des risques pour une juste cause – dès lors, il n'y avait rien à dire. Pour ma part, j'osais à peine leur témoigner mon affection, car je ne les voyais presque jamais. Une fois, mon père m'avait montré son pistolet et m'avait laissé jouer avec après l'avoir déchargé. Mais en général, il n'était qu'une silhouette qui passait, une parole encourageante, une caresse sur mes cheveux – un souvenir, déjà.

Ce n'était que par accident que mon père laissait entrevoir qu'il avait eu une autre vie, quand, au détour de circonstances anodines, le passé venait soudain se mirer dans le présent. Un jour où ma mère, qu'un imprévu empêchait de se libérer, l'a chargé de m'acheter de nouvelles chaussures, il m'a parlé du cadeau qu'il désirait par-dessus tout à huit ans et qui lui avait été promis pour la fête du Têt : des sandales pour remplacer ses socques de bois, lourdes et malcommodes. Un luxe à peine imaginable pour lui et ma grand-mère, qui n'en avait pas trouvé dans la petite ville de Thai Binh où ils vivaient à l'époque et avait dû en commander dans une boutique de Nam Dinh, une cité manufacturière voisine de Hanoï. Tous les jours, pendant des semaines, il avait guetté leur arrivée. Son excitation s'était hélas muée en terrible déception sitôt qu'il les avait déballées : souhaitant qu'elles lui durent trois ou quatre ans, ma grand-mère en avait commandé une paire beaucoup trop grande, qui le forçait à adopter une démarche grotesque, évoquant le dandinement d'un canard. Il avait flotté tout autant dans les suivantes – comme il flottait déjà dans ses chemises et pantalons. Il ne devait jamais rien porter à sa taille avant l'âge adulte.

Un autre jour où nous discutions des premiers mots que ma sœur et moi avions articulés, il m'a raconté qu'au lieu d'un vague « papa » ou « mama », j'avais choisi un terme vietnamien, *« ngua »* (cheval), impossible à prononcer pour la plupart des Français. Je devais avoir deux ans quand il l'avait répété à plusieurs reprises à propos du tableau laqué accroché au mur du salon. L'œuvre représentait un étalon au galop entouré de flammes irisant son pelage de fins motifs dorés. Au bout de quelques minutes, *« ngua »* avait surgi de ma bouche avec un parfait accent, à sa plus grande surprise – et fierté. C'est le signe qu'une part de toi restera toujours vietnamienne, a-t-il plaisanté. Je lui ai demandé alors quel était le premier mot de français qu'il avait appris. Après une hésitation, il a avoué qu'il s'agissait en fait d'une expression dont il ignorait alors le sens – il ne savait même pas que c'était du français. Ses parents et grands-parents l'avaient seulement entraîné à lever les bras dès qu'il entendrait trois syllabes aux sonorités mystérieuses, un geste censé, tel un talisman, lui éviter d'être abattu en cas de rencontre avec un soldat : « Ô-lé-min ». Il ne l'avait vraiment entendu qu'une fois, dans la bouche d'un déserteur de l'armée française qu'il avait surpris dans la cuisine de la maison. L'homme s'était introduit là pour piller le garde-manger et avait pointé son fusil sur mon père sitôt qu'il l'avait aperçu. Le petit garçon qu'il était alors était demeuré immobile, le regard fixé sur les yeux de bête traquée et les habits poussiéreux du légionnaire, l'éclair de la baïonnette qui brillait dans la pénombre.

Je ne saurais dire quand les choses ont basculé, quand la mort s'est mise à l'emporter sur la vie. Peut-être le jour où des supplétifs vietnamiens de l'armée française ont fait une nouvelle fois irruption dans la ferme, enjoint à chacun de garder les mains sur la tête et fouillé les lieux en quête de nourriture. Sans grand succès : la moisson n'avait pas encore eu lieu, les enclos étaient vides, les fruits loin d'être mûrs. Furieux, l'un des hommes, alors qu'il s'apprêtait à sortir de l'étable, a donné un grand coup de baïonnette dans la meule de foin et découvert Buffle à qui j'avais ordonné de se cacher là. Il a eu un cri de joie, de triomphe, même, qui m'a glacé. Les autres soldats ont aussitôt accouru. Les uns ont préparé de quoi allumer un feu, les autres fait sortir Buffle malgré sa résistance. D'un geste sec et précis, celui qui l'avait débusqué lui a tranché la gorge, tandis que ses camarades empêchaient mon ami de bouger. Il a eu un gémissement lamentable. Mon cœur a manqué un battement et le temps a paru s'immobiliser plusieurs minutes pendant que je regardais sa vie s'échapper à gros bouillons. Les yeux d'un brun chaud se sont éteints au fur et à mesure que le sang jaillissait. J'étais incapable de faire le moindre mouvement, ni d'articuler le moindre son. Ma mère avait beau m'inciter à me détourner, je ne pouvais détacher le regard de mon ami écroulé sur le sol, étendu sur une tache si rouge, si large, qu'elle semblait irréelle. Quand ils ont entrepris de l'écorcher, j'ai eu l'impression que c'était ma chair à moi qu'ils tailladaient.

Peut-être aussi la mort a-t-elle commencé à gagner le jour où les jeunes du village ont décidé de se constituer en commandos à l'appel du Viêt-minh. Depuis longtemps, la propagande les exhortait à lutter contre les forces coloniales en utilisant toutes les armes dont ils pouvaient disposer – briques, pierres, morceaux de bois, tout était bon, leur assurait-on, pour mettre l'envahisseur dehors. Lassés de voir leurs familles se faire dépouiller par les troupes de l'occupant, brûlant d'investir leur énergie dans autre chose que la fuite ou le travail aux champs, une trentaine de très jeunes gens sans aucune formation militaire, mais pleins de fougue et d'idéalisme, sont partis à l'attaque un matin. Aucun n'a survécu plus de vingt-quatre heures, et le village tout entier a pris le deuil. Sun, gravement blessé, est mort chez lui quelques heures après avoir été ramené du lieu des combats. J'ai d'abord refusé d'y croire : allongé sur le lit, mon cousin paraissait sommeiller comme il le faisait parfois sous l'aréquier du jardin quand le temps était si chaud qu'on menaçait d'être consumé par le soleil. Son visage, sa pâleur mise à part, n'était pas tellement différent de celui qu'il arborait du temps où il était vivant. J'ai cru, un instant, qu'il y avait erreur et qu'il allait se réveiller. Alors je me suis adressé à lui comme si c'était en effet le cas, comme s'il était souffrant, sans doute, mais endormi et sur la voie de la guérison. Je lui ai promis que dès qu'il serait sur pied, nous irions attraper des oiseaux et des libellules, sculpter des toupies et des flûtes, et puis pêcher des poissons que nous ferions frire au bord de la rivière. Passant outre son silence, j'ai poursuivi mon discours, raconté ma journée, avoué que je m'étais ennuyé tout seul, que je m'ennuyais toujours quand il n'était pas là. Je lui ai confié que j'avais hâte d'être en âge d'aller à l'école pour que nous nous y rendions ensemble et qu'il m'apprenne à lire, à écrire et à être un aussi bon élève que lui. J'ai parlé encore et encore tandis que ma main saisissait la sienne et refusait de la lâcher malgré sa raideur, j'ai parlé en dépit des yeux clos et du corps immobile, j'aurais parlé jusqu'à la nuit si ma mère ne s'était penchée vers moi pour me prier de faire mes adieux à mon cousin. Il m'a fallu faire appel à tout l'amour et le respect que j'éprouvais à son égard pour lui obéir. Je me suis incliné, j'ai déposé un baiser sur la joue froide en guise de salut et je suis parti. Sitôt dehors, je suis allé prendre le dernier cerf-volant siffleur que Sun m'avait confectionné et j'ai couru à l'endroit où nous avions coutume de nous rendre pour le projeter dans les airs ; il s'est élevé, accompagné d'une plainte cristalline qui a résonné dans tout le Delta, puis s'est perdue dans les nuages et m'a un peu apaisé, comme si elle emportait avec elle une partie de mon chagrin.

Au détour de mon enfance ressurgissait ainsi, parfois, celle de mon père, qui s'échappait de sa mémoire comme une rivière déborde de son lit. Ces occasions restaient rares ; le mensonge par omission lui était plus familier. Je me souviens en particulier d'une fois où je lui ai demandé d'où venaient mon prénom et celui de ma sœur, « Ngoc Linh » et « Ngoc Tâm », qui nous donnaient tant de peine à l'école, provoquant la perplexité des instituteurs au moment de l'appel et la curiosité souvent moqueuse des autres élèves. Il m'a expliqué que « Ngoc Linh » voulait dire « Lumière de jade », et « Ngoc Tâm » « Cœur de jade », « Linh » désignant la lumière de l'esprit, l'intelligence des êtres et des choses, et « Tâm » la sensibilité, les qualités de l'âme. Des dons que nos parents croyaient essentiels et souhaitaient comme tels pour leurs enfants, un peu comme les couples royaux, dans les contes, prient les fées de se pencher sur les berceaux des princesses afin de leur accorder tous les talents… L'explication, poétique, m'avait réconfortée. Seulement, l'histoire en recouvrait une autre, comme une boîte à musique recèle un double fond.

« Linh » et « Tâm » étaient aussi, et surtout, les prénoms de deux membres de la famille que je n'ai jamais connus, alors qu'ils ont joué un rôle essentiel dans la vie de mon père, comme je l'apprendrais bien plus tard. Le premier était celui de l'autre cousin de mon père, frère aîné de Thinh. Le deuxième était celui du père de ses compagnons d'enfance et d'adolescence. Seule une syllabe nous séparait, ma sœur et moi, de ces deux hommes, ce « Ngoc » qui féminisait nos noms. Et encore : lassées de nous entendre appeler « Goc », « Nioc » ou « Coq » par nos instituteurs et nos camarades, ma sœur et moi avions pris l'habitude de leur demander aux uns et aux autres, dès le jour de la rentrée des classes, de passer par-dessus cette syllabe sur laquelle tous butaient afin de nous appeler simplement Linh – qui a évolué plus tard en Line – et Tâm. Nous ignorions que nous nous rapprochions par là de nos originaux, ces lointains homonymes à qui nous rendions hommage par notre seule existence.

Quand je l'ai interrogé sur son nom à lui, mon père a ri en déclarant qu'il en disait long sur la foi que ma grand-mère avait en son fils : Hung signifiait « héros de l'univers ». Là encore, il a omis de me préciser qu'à sept ans, juste au moment où il venait d'apprendre à lire, il avait déchiffré, sur l'autel des ancêtres, les tablettes de l'arbre généalogique de la famille et fait observer, triomphalement, que son prénom avait été mal orthographié : quelqu'un, avait-il déclaré avec la fierté d'un enfant qui expose un savoir tout neuf, avait remplacé le « u » par « oa », transformant « Hung » en « Hoang ». Après un silence, ma grand-mère lui avait avoué qu'il s'agissait en réalité du nom de son fils aîné, mort des années plus tôt. « Hoang » voulait dire « jaune » – la couleur impériale, celle de la gloire et de la majesté –, tout en étant associé à la mort – les « Sources jaunes » désignant l'au-delà, le pays d'où l'on ne revient pas. Son nom portait en germe son destin. Tout comme « Hung », qui ne signifiait pas seulement « héros de l'univers », mais aussi, suivant une autre accentuation, « celui qui vous est rendu ». Le restitué – le remplaçant. Les parents de mon père avaient établi que celui-ci n'était rien d'autre que le fantôme de leur fils perdu.

Un matin du printemps 1952, quelques semaines à peine après la mort de Sun, mon père et mon grand-père se sont levés très tôt pour se rendre à une réunion du comité de résistance – le lieu de rendez-vous était plus éloigné que de coutume. Ils ont longé la haie de mûriers blancs, passé le pommier cannelle, l'aréquier, les théiers et la mare aux lotus. Ma mère les a regardés s'éloigner avec anxiété, comme toujours et, comme toujours, s'est lancée dans une débauche d'activités domestiques pour se distraire. Elle a dépoussiéré les étagères, secoué les nattes, lessivé le sol et les murs à grande eau, saisie d'une frénésie qui tâchait de masquer l'angoisse qui l'envahissait chaque fois que son époux et son beau-père rejoignaient ces rassemblements dont ils revenaient toujours épuisés et soucieux. Elle n'imaginait pas que ses pires craintes se réaliseraient. À l'issue de la réunion, des soldats surgis d'on ne savait où, vietnamiens mais portant l'uniforme de l'armée française, ont arrêté tous les participants en déclarant qu'ils avaient ordre de les interroger sur leurs activités. Il s'agissait en fait d'une mise en scène destinée à désarmer sans heurts un certain nombre d'hommes, dont mon père et mon grand-père. Une fois tout le groupe menotté, on les a départagés. Tous les communistes ont été relâchés et sont rentrés discrètement chez eux, tandis qu'on conduisait mon père et mon grand-père quelque part dans la jungle. Ils ont été battus, torturés, puis exécutés, et leurs corps abandonnés en un lieu inconnu. Depuis longtemps, leurs noms figuraient sur la liste de ceux qu'il faudrait « impérativement éliminer » le jour J, et ce jour était arrivé. Suivant une tactique éprouvée, le Parti, qui avait noyauté presque tout le réseau, avait décidé de prendre le pouvoir en s'occupant d'abord de leurs alliés pour éviter toute contestation interne, et ensuite seulement de leurs ennemis.

Ma mère les a attendus jusque tard dans la nuit, puis, comprenant qu'ils ne reviendraient pas, elle s'est résolue à la fuite – ni elle ni moi n'étions plus en sécurité. Elle a rassemblé le peu d'argent dont elle disposait, des vêtements, quelques provisions, et m'a ensuite appelé pour m'annoncer que nous allions nous installer quelque temps en ville, à Thai Binh, où ma famille possédait une petite paillote. Avant de quitter les lieux, elle a arrêté son regard sur le paravent de laque que lui avait offert mon père pour leur mariage, incrusté de motifs de nacre symbolisant les quatre saisons : pivoine, lotus, chrysanthème, fleur de prunier. Le cycle de la vie ; une vie qu'elle pensait vivre à ses côtés. Elle a eu un soupir, et puis, sans un mot, sans une larme, a franchi le seuil de la maison.

Je me demandais ce qui se passait, bien sûr, mais sentant le désespoir de ma mère, je me suis tu. Plus tard, j'ai songé que la disparition de mon père et de mon grand-père avait imprimé en nous une souffrance bien différente de celle née du décès de Buffle et de Sun. Ils n'avaient rien laissé derrière eux, même pas une simple dépouille devant laquelle se recueillir, à croire que non seulement leur existence, mais aussi toute trace d'eux avaient été effacées du monde. Ne pas savoir ce qui leur était arrivé autrement que par des propos rapportés à la va-vite, dans la crainte que des oreilles malveillantes vous surprennent ; ne pas pouvoir leur donner une sépulture décente, sans même parler de leur rendre justice ; mais devoir continuer comme si de rien n'était. En silence.

Un steward se penche vers moi pour me demander de mieux ranger mon bagage à main qui dépasse de sous mon siège et pourrait gêner la circulation dans l'allée. Je m'exécute et m'efforce de tirer en arrière ma sacoche alourdie par le manuscrit, imprimé à New York et emporté au dernier moment, des *Aliénés voyageurs*. L'observation d'Albert Dadas par le docteur Philippe Tissié a duré deux décennies. Deux décennies pendant lesquelles ce dernier a pris note, parfois jour par jour, de ses déplacements, des manifestations physiques et psychologiques de sa maladie, et même de ses rêves, tout en tâchant d'apaiser ses souffrances et de réveiller sa mémoire à éclipses. Il m'a fallu presque autant de temps avant de trouver le courage de confronter mon père à son passé, d'essayer de faire émerger une fois pour toutes les souvenirs qu'il avait lui aussi cachés dans quelque région secrète de son esprit, quelque strate obscure de son inconscient. Les bribes de mémoire semées ici et là ne suffisaient pas à combler les blancs laissés dans son parcours, que je ne pouvais retracer qu'en pointillé. Naissance dans une ferme du nord Viêtnam, mort de son père et de son grand-père, installation en ville, à Thai Binh, puis à Hanoï et enfin à Saigon, études forcenées, émigration en France, rencontre de ma mère, décision de demeurer de ce côté du globe après la victoire des communistes : tel était le maigre squelette de sa « vie d'avant » que j'avais habillé comme je pouvais des anecdotes qui lui avaient échappé, rassemblées dans un grand carnet à rabat rouge, lequel contenait encore une esquisse de chronologie, un arbre généalogique semé de points d'interrogation, ainsi qu'une série de questions – toutes celles qui m'étaient venues à l'esprit au fil des ans.

Certaines anodines : à quoi ressemblaient le village où était né mon père, sa maison, sa chambre, son lit ? qui étaient ses voisins, ses camarades de jeu ? quels habits portait-il ? qu'aimait-il manger ? à quoi occupait-il ses journées ?... Du nombre de poules que possédaient mes grands-parents à la couleur du toit de la demeure familiale, j'aurais voulu connaître son quotidien dans ses moindres plis et replis. Et puis en savoir davantage sur la guerre, les descentes de soldats, les fuites éperdues sous la mitraille ; sur les drames et les accidents, les exactions, les trahisons ; sur les affrontements politiques et physiques, sur ce qui était arrivé précisément à son père et à son grand-père, qui étaient aussi mon grand-père et mon arrière-grand-père. Et qu'en avait-il été de l'errance qui avait suivi, de sa mue de campagnard en citadin, quelles conséquences sa décision de partir pour la France avait-elle eu ? Qu'avait-il ressenti, que ressentait-il aujourd'hui ? Si cela avait été en mon pouvoir, j'aurais arraché à l'ombre chacun des événements qu'il avait vécus.

Un jour de janvier, alors que je venais de fêter mes seize ans, j'ai sollicité un peu de temps auprès de mon père. Il a acquiescé, intrigué, et nous nous sommes installés dans le salon. La pièce, presque entièrement vitrée, donnait sur le jardin. Le soleil était filtré par un épais rideau de nuages, et la lumière d'hiver nimbait nos visages et nos mains d'un halo fantomatique. Mon père a pris place dans un fauteuil de cuir, moi sur une chaise garnie d'un coussin brodé. J'ai mis en marche l'appareil flambant neuf qu'il m'avait offert pour mon anniversaire et, après avoir vérifié du coin de l'œil que le voyant s'était bien allumé, lui ai demandé sans transition s'il serait d'accord pour me donner davantage de détails sur son enfance et sa vie au Viêtnam. Peut-être pourrait-il me décrire la ferme où il habitait avec ma grand-mère, par exemple ?

Mon père se fige aussitôt. Les bras sur les accoudoirs et la tête renversée contre le dossier du fauteuil, il prend le visage d'un savant dont l'expérience a échoué et qui s'interroge sur l'erreur de manipulation qu'il a bien pu commettre. Avec ses cheveux en bataille et son regard de naufragé, il a l'air plus désemparé que jamais. Il pose ses lunettes sur la table basse et cille à intervalles rapprochés, un clignotement dont j'ignore s'il est dû à une gêne physique ou psychologique – aux deux, qui sait. Comme il reste muet, je répète ma question, avançant que je suis assez grande, à présent, pour reprendre la conversation que nous avons entamée des années plus tôt et qu'il ne cesse de remettre depuis. Mon père continue à se taire. Une cloison de verre s'est élevée entre lui et moi, à moins qu'elle n'ait toujours été là et que j'aie naïvement cru pouvoir la briser simplement armée d'un carnet, d'un enregistreur et de ma bonne volonté. Après un temps qui me paraît démesuré, mais qui n'a pas dû se prolonger sur plus d'une ou deux minutes, mon père finit par bredouiller quelques paroles inaudibles, avant de baisser la tête et les paupières comme s'il était sur le point de s'assoupir. Nous demeurons immobiles, assis l'un en face de l'autre. Il garde les yeux fermés, tandis que je l'observe sans pouvoir détourner les miens. Quand il les rouvre, il murmure dans un sourire : Je ne me souviens pas vraiment, tu sais. C'était il y a longtemps. Est-ce bien la peine de parler de tout ça ? Je le fixe encore quelques secondes, et puis, sentant que toute protestation glissera sur sa gentillesse impavide sans laisser plus de trace qu'un goutte d'eau dans la mer, j'éteins mon appareil et range le carnet.

Je ne poserai plus jamais de question à mon père. Plus tard, j'ai ôté la cassette de l'enregistreur en l'étiquetant simplement « Papa ». On m'y entend davantage parler que lui, mais son mutisme est infiniment plus éloquent. Sans doute la bande traîne-t-elle encore aujourd'hui sur une étagère de mon ancienne chambre. Je l'ai réécoutée une ou deux fois, du temps où j'habitais encore la maison de meulière, en songeant tristement qu'il s'agissait là de la seule pièce de la collection que j'avais désiré constituer autrefois, quand je caressais le rêve d'immortaliser le silence sous toutes ses formes. J'en aurai archivé un, en définitive, et non des moindres.

Il fallait trois heures de marche pour gagner Thai Binh, chef-lieu sous contrôle des Français qui offrait de ce fait une protection pour nous, à présent que nous fuyions les assassins, communistes, de mon père et de mon grand-père. Je n'ai pas gardé beaucoup d'images de cette période. La paillote qui nous servait de logis, seulement égayée par des haies d'hibiscus ; notre voisine qui faisait commerce de maïs et jetait les épis abîmés – le matin très tôt ou le soir très tard, ma mère fouillait dans le tas pour récupérer les moins gâtés et les cuisiner en soupe et en compote ; les sandales que j'ai reçues à la fête du Têt pour remplacer mes socques de bois ; le terrain derrière la maison où se posaient des hélicoptères chargés d'évacuer les soldats blessés sur le champ de bataille – ils étaient garnis de gros tubes sur le côté qui permettaient de transporter les morts français afin qu'on puisse renvoyer leurs dépouilles dans leur pays. Une odeur forte et piquante flottait en permanence dans notre maison, due au vinaigre fabriqué par ma mère. Elle le faisait macérer dans des cay chum, *de grands vases de terre cuite qui servaient également à conserver le riz, le poisson séché, les viandes salées, les légumes marinés et même l'eau de pluie, et, dès qu'il était arrivé à maturité, le répartissait dans des fioles et flacons qu'elle vendait au marché. Le père de Sun, resté veiller sur nos terres, venait de temps à autre nous rendre visite. Il nous remettait de petites sommes, toujours plus maigres à cause de la guerre.*

Le conflit ne cessant de s'étendre, nous avons quitté Thai Binh pour Hanoï, où vivait le frère aîné de ma mère, le juge Tâm, qui avait accepté de nous donner asile. Je me souviens de la première fois où je l'ai rencontré. Ma mère avait eu une longue discussion avec lui tandis que je patientais dans le couloir, assis sur une chaise si haute qu'il y avait bien trente centimètres entre mes pieds et le sol. Elle était venue me chercher pour me présenter, et j'étais entré d'un pas hésitant dans la pièce. Mon oncle était à son bureau – une grande table de bois précieux, simple mais imposante –, revêtu de sa robe de juge car il devait rejoindre le tribunal. J'ai été frappé par son regard vif et sa barbe fournie, que l'âge commençait tout juste d'argenter. Il m'a adressé un sourire d'une grande douceur sitôt qu'il m'a aperçu. Puis m'a assuré, en me parlant comme si j'étais un adulte, que ma mère et moi-même pouvions compter sur son soutien.

C'était un homme d'une droiture exceptionnelle, très aimé, très respecté, dans la capitale comme dans la famille. Il disposait d'un modeste salaire mais avait droit, en tant que haut fonctionnaire, à une superbe demeure ancienne qu'il nous a ouverte avec générosité. Nous y avons vécu avec lui, sa femme et mes deux cousins, Linh et Thinh, et d'autres parents de passage, qui restaient là une semaine, un mois, parfois plus. L'aura d'autorité et de sagesse qu'il dégageait attirait à lui tous ceux qui avaient besoin d'aide, et il était rare qu'il la leur refusât. Il m'a inscrit dans la même école que Linh et Thinh, dont je suis devenu inséparable. Nous jouions ensemble, parcourions la ville ensemble, étudiions ensemble.

Nous sommes à mi-chemin entre l'Amérique et l'Europe et les hôtesses débarrassent les plateaux-repas, laissant les passagers de l'avion retourner à leurs lectures, leurs films et leurs jeux – ou leurs souvenirs. Durant les quinze ans qui avaient suivi ma première et vaine tentative pour déverrouiller sa mémoire, mon père refusait toujours de parler de lui. C'est seulement à la mort de Thinh, comme je l'ai dit, qu'il a commencé à évoquer certains des compagnons de sa jeunesse et, par là, à livrer quelques éléments de son passé. Leurs itinéraires sont restés associés, dans mon esprit, à la demeure en meulière à la façade désormais défraîchie, rongée de mousse, où je revenais de temps à autre partager un repas familial. Associés surtout aux trajets en voiture avec mon père. De la même façon qu'il venait autrefois me chercher au lycée, au piano, à la danse, il ne me laissait que rarement rentrer chez moi par mes propres moyens. Il insistait pour me raccompagner et je me laissais faire pour le plaisir de redevenir, l'espace d'une demi-heure, une petite fille, *sa* petite fille, dont il prenait soin sans mot dire, en ombre protectrice et dévouée. Si les déjeuners et dîners continuaient de se dérouler comme à l'accoutumée, suivant un échange rituel de nouvelles quelconques, soucis chez soi ou au bureau, nouveau film à voir, projets de vacances – l'écume du quotidien, en somme –, il suffisait de sortir de la maison et de monter dans la voiture pour que mon père, tout en démarrant le véhicule, se mît à rembobiner les années.

Rien ne semblait changé, et pourtant quelque chose dans l'atmosphère, la composition de l'air, la nature même de l'obscurité, indiquait que nous nous trouvions sur un autre territoire. Nous demeurions côte à côte, les yeux fixés sur la route et ses méandres, et j'entendais sa voix douce, un peu sourde, ayant du mal à prononcer les « r » et les « u », qui retraçait les destins de ces hommes et femmes qu'il avait aimés et perdus, et dont le décès de « l'oncle bizarre » avait ranimé le souvenir. Après m'avoir raconté ce qu'il était advenu de Thinh et de Hoai, il avait ainsi évoqué, lors de nos retrouvailles suivantes, son dernier camarade d'études et d'enfance, le frère aîné de Thinh, Linh, dont je tenais mon prénom. Beau garçon à la langue bien pendue et aux gestes assurés, ce dernier possédait le charisme dont mon père était totalement dépourvu à l'époque où il vivait chez le juge Tâm, sa position de parent pauvre, accueilli par charité, ne faisant qu'ajouter à sa timidité naturelle. Linh s'était immédiatement pris d'affection pour ce garçonnet dont les yeux paraissaient enfermer tant de peine et d'angoisse, et, resté en tête à tête avec lui peu après son arrivée, avait entrepris de l'apprivoiser.

Sans grand succès d'abord : ses questions et ses tentatives pour amorcer une conversation glissaient sur le mutisme de l'enfant traumatisé comme sur un lac gelé, n'offrant aucune prise, et Linh commençait à désespérer, lorsqu'il avait eu une idée. Il s'était absenté un instant, pour revenir avec une boîte à chaussures. Soulevant le couvercle percé de dizaines de petits trous, il avait découvert six grillons qui stridulaient de concert, séparés par des cloisons de carton. Tous les enfants de Hanoï avaient les leurs, avait-il expliqué à son jeune comparse, tandis que celui-ci se penchait, fasciné, sur les insectes. On se réunissait régulièrement pour organiser des duels, les grillons chargeant l'un contre l'autre jusqu'à ce que l'un des deux battît en retraite. Il en existait de plusieurs espèces et de plusieurs tailles. Les plus gros n'étaient pas forcément les meilleurs combattants : le grillon des champs, plus impressionnant de stature, pouvait être vaincu par son congénère aux ailes mordorées, plus frêle d'apparence, mais aussi plus rapide et plus vif. Dès que sa mère lui donnait quelques sous, Linh filait au marché s'approvisionner auprès d'un vendeur qui le laissait choisir entre plusieurs dizaines de candidats enfermés dans une mallette d'osier. Les jours de fête, il allait jusqu'à acquérir pour le prix de deux grillons normaux un « champion » qui avait droit à une boîte d'allumettes pour lui seul. En bon coach, il savait tour à tour soigner son écurie en la nourrissant d'herbe tendre, de feuilles et de pousses de soja, et l'exciter en vue du combat en caressant les élytres de chacun avec un cure-dents ou une fine tige de bambou, qu'il assortissait de menues chiquenaudes. Il avait enseigné à mon père comment reconnaître les caractéristiques qui font un valeureux guerrier, ainsi que les parades sonores émises par ces petites bêtes : cliquetis des ailes au repos, chant de l'attaque ou de la victoire. Il lui avait même confié certaines techniques de son cru pour redonner de l'énergie à un grillon vaincu – il suffisait de le secouer une dizaine de fois entre les deux mains, puis de le suspendre à la verticale tout en faisant couler une goutte de salive le long des antennes…

Dès cet instant, Linh avait adopté une attitude protectrice envers son cousin, tout en veillant à ce qu'il ne se sentît jamais écrasé. C'est également à lui que mon père devait la découverte des romans de cape et d'épée chinois et européens qui bercèrent son adolescence – des *Trois Royaumes* aux *Trois Mousquetaires* – ou la maîtrise de l'art ô combien délicat du vélo en ville : pédalant pieds nus dans les artères poussiéreuses de Hanoï, sur des modèles qui n'étaient pas toujours pourvus de freins, tous deux slalomaient comme ils pouvaient entre les piétons et s'arrêtaient en catastrophe, s'écorchant joyeusement contre l'arête des trottoirs.

Quand les accords de Genève ont mis fin en 1954 à la guerre d'Indochine, laissant le Viêtnam coupé en deux, Hanoï s'est vidée de ses habitants : tous ceux qui avaient été sous protection de l'armée française allaient être considérés comme des collaborateurs par le nouveau régime, et un vent de panique a soufflé sur toute la ville. Les rues furent soudain envahies de meubles à vendre. Armoires, lits, tables, commodes, les habitants sortaient de chez eux tout ce qu'ils possédaient, espérant pouvoir gagner de quoi partir dans le Sud. Le juge appartenant à l'administration en place, nous étions bien évidemment concernés ; nous avons seulement agi avec plus de discrétion que nos voisins. Nos meubles sont restés à l'intérieur de nos murs et les serviteurs ont été mis devant le fait accompli. Le mot avait été passe à un parent possédant une ligne d'autocars, ce qui nous a permis de gagner l'aéroport sans avoir à avertir qui que ce soit. Moi-même, je n'ai appris la nouvelle que la veille, par ma tante. J'en ai été ravi : on m'avait dit qu'à Saigon, les cages du jardin zoologique abritaient encore des tigres et des singes, contrairement à celles de Hanoï, désertées depuis longtemps. C'est avec une joie sans mélange que j'ai grimpé dans le car et avec une joie plus grande encore que j'en suis descendu : nous avions prévu d'embarquer dans un DC-3 Dakota et tout le monde était très angoissé, sauf moi. C'était la première fois que je prenais l'avion ; le nez collé au hublot en dépit des protestations de ma mère, j'ai gardé les yeux immensément ouverts dans l'espoir de ne rien perdre de ce qui se passait, la rotation des hélices, l'éloignement de la piste et la sensation de vertige lorsque nous avons décollé, le ciel autour de moi comme un grand bain où flottaient des nuages duvetés.

Pour l'enfant du Nord que j'étais, l'arrivée à Saigon a été comme une irruption dans un autre monde. Un monde où la pluie s'arrêtait après quelques minutes alors qu'elle durait toute la journée à Hanoï. Un monde où j'avais parfois du mal à comprendre les gens, qui lorsqu'ils parlaient n'utilisaient que cinq tons au lieu de six. Un monde où lorsqu'on achetait une demi-piastre de crème glacée, on coupait en deux votre billet d'une piastre pour vous en rendre la moitié, si bien que les morceaux de billets étaient littéralement « monnaie courante »…

Dès la fin de l'école primaire, Linh s'était passionné pour les affaires du monde. À chaque fois que mon père pensait à lui, il se souvenait du grand cahier cartonné que son cousin promenait partout avec lui. Il y collait des cartes, des photos, des articles de journaux, tout un fouillis de papiers et d'images se rapportant à des personnalités politiques – John Fitzgerald Kennedy, le général de Gaulle, Joseph Staline, Hô Chi Minh bien sûr –, des pays – de Singapour au Burundi –, des événements qui avaient façonné le monde – guerres, révolutions, attentats, traités de paix, alliances… Il passait des heures à les trier et à les classer en les assortissant de commentaires et de notes, porté par l'inextinguible besoin de comprendre l'univers qui l'entourait. Doué d'une mémoire encyclopédique, Linh était tout le temps à lire ou à archiver ce qu'il avait lu afin de nourrir ses réflexions. Il était toujours premier en histoire et assistait avec enthousiasme aux meetings et autres rassemblements politiques qui prônaient un assouplissement du régime du Sud et avaient lieu tantôt officiellement, tantôt clandestinement, un peu partout dans Saigon. Même quand il s'est soumis, comme le reste de la fratrie, à un entraînement marathonien pour devenir incollable dans les disciplines scientifiques, il a refusé de renoncer au militantisme, signant dans le journal du lycée des éditoriaux où il réclamait l'adoption de la démocratie à l'occidentale…

L'admiration que lui portait mon père tenait à cette droiture et à ce sens des responsabilités qui le rapprochaient à ses yeux du juge Tâm. Celui-ci s'en réjouissait et s'en inquiétait à la fois car l'idéalisme qui courait dans les veines des hommes de la famille leur avait coûté fort cher : l'engagement de mon grand-père et de mon arrière-grand-père leur avait valu d'être torturés et tués, celui du juge Tâm l'avait séparé d'un frère cadet, Bao, qui s'était enrôlé dans l'armée communiste, des années plus tôt. Une position nullement incompatible, à l'époque, avec celle de son aîné, chacun participant à sa manière à la résistance contre les Français : proche d'un intellectuel nationaliste activement recherché par les autorités coloniales, le juge n'avait pas eu l'occasion de fréquenter un parti encore en formation, contrairement à Bao, plus jeune de dix ans, que des camarades d'université avaient converti au communisme. À la fin des années quarante, tandis qu'il travaillait à étendre l'action des nationalistes dans les campagnes, le juge avait été arrêté par les Français à la faveur d'une attaque éclair, et il aurait été exécuté si un ami influent n'était intervenu. Il était ensuite entré au service du régime vietnamien anticommuniste établi au Sud après la défaite des Français en 1954. Bao, lui, faisait parallèlement son chemin au Nord, au sein du Parti. C'était un garçon efficace, dévoué, rapide d'esprit. Chargé de coordonner le ravitaillement, poste stratégique où il avait eu l'occasion de rencontrer la plupart des dirigeants communistes, il avait grimpé rapidement les échelons en dépit de ses origines « bourgeoises ».

Dès que les communistes avaient commencé de purger le Viêt-minh de ses éléments non communistes – éliminant des hommes comme mon grand-père et mon arrière-grand-père –, les deux frères, aux allégeances initialement conciliables, étaient devenus une gêne l'un pour l'autre, puis une menace réciproque. À la longue, ils n'avaient pas trouvé d'autre solution que de faire comme si l'autre n'existait pas. Durant tout le temps où mon père avait habité chez le juge, Bao n'était venu en visite qu'une seule fois. En toute discrétion, une nuit – mais accompagné d'une escorte de deux hommes. Le corps raide, le visage impassible, il n'avait adressé que quelques mots à son aîné qu'il n'avait pas revu depuis des mois. Des formules de politesse qui en disaient plus long sur ce qui les séparait qu'un discours argumenté. Il n'avait pas demandé à se rendre devant l'autel des ancêtres, considéré par le Parti comme l'emblème de superstitions arriérées, encombrant la route vers une société nouvelle dont il avait entamé la construction. Mais sur le chemin du bureau où il voulait retrouver un parent alors de passage chez le juge, Bao avait fait un détour et jeté un regard contraint sur les photographies au cadre d'argent devant lesquelles reposaient des plateaux d'oranges et des bols laqués où brûlaient des bâtons d'encens. Son frère les avait fait allumer pour lui, devinant que la morgue affichée par son cadet n'était qu'une attitude de commande, et qu'il était forcé, le cœur déchiré, de tenir enfermés ses véritables sentiments.

Mes cousins avaient beau me traiter comme l'un des leurs, et mon oncle veiller sur moi avec bienveillance et générosité, je ne me sentais pas toujours à mon aise dans cette maison où rien n'était à moi. Je restais craintif, gauche, la voix sourde et les gestes embarrassés. Mon attitude traduisait la gêne de celui qui se demande en permanence s'il a bien le droit d'être là. J'avais à cœur d'être le meilleur des élèves possible. Au Viêtnam, on respectait ceux qui réussissaient dans leurs études. Davantage, peut-être, qu'un homme riche ou puissant : mon livre d'histoire racontait que dans les temps anciens, le Premier ministre d'un roi avait choisi de marier sa fille unique, dont on chantait la beauté dans tout le pays, non à un grand général ou à l'héritier d'une illustre famille, mais à un étudiant sans le sou arrivé premier au concours de lettrés. Je travaillais à exceller, comme mes cousins.

Avec la permission du juge, ma cousine Hoai n'a pas tardé à nous rejoindre et Linh a un jour fait le parallèle entre nous et les héros de son roman préféré, Les Trois

Mousquetaires, *en rappelant qu'ils étaient en réalité quatre – comme nous. Tous les jours, vacances comprises, notre petite bande se réunissait pour résoudre des problèmes de mathématiques, de sciences physiques et de chimie, montre en main. Bien sûr, ce n'était pas vraiment dans l'espoir d'épouser un prince ou une princesse que nous nous entraînions si dur, mais en vue, comme tu le sais, d'obtenir une bourse et de poursuivre nos études à Paris.*

Un autre soir où mon père me ramenait chez moi en voiture, il m'a confié que la brouille avec Bao, jamais mentionnée ni évoquée à haute voix par aucun membre de la famille, pesait sur le juge Tâm tel un invisible fardeau. La fierté qu'il éprouvait à voir son fils aîné si investi dans le sort du pays ne l'empêchait pas de vouloir à toute force le protéger des troubles qui secouaient le Viêtnam ; il était trop conscient des risques encourus et ne souhaitait pas que ses fils se retrouvent dans la même situation que son frère et lui. Aussi avait-il été grandement soulagé quand Linh, après avoir passé avec succès les concours, était finalement parti pour la France, où mon père l'avait rejoint un an plus tard.

Si les deux cousins étaient toujours aussi inséparables, il leur avait fallu s'habituer à bien des choses étranges et étrangères : le climat, la nourriture, les usages en société ou les façons de penser. Il leur avait fallu surtout s'habituer à vivre seuls, sans mère pour prendre soin d'eux, ni figure paternelle pour les guider, sans autre compagnie que celle de jeunes gens de leur âge et dans leur situation, avec qui ils avaient reconstitué un semblant de communauté. À cette mélancolie se sont bientôt ajoutés des problèmes de santé pour mon père. Trop acharné dans ses efforts, il avait présumé de lui-même et usé une constitution déjà fragile. Des problèmes respiratoires ont surgi – des quintes de toux de plus en plus violentes qui le laissaient épuisé, comme sur le point d'expirer. Les médecins ont diagnostiqué un début de tuberculose et, pendant six mois, il a dû abandonner les études afin d'être soigné en sanatorium. Pas une semaine ne s'écoulait sans une visite de Linh ; et ce fut également grâce à lui, à son soutien et à son sens de la pédagogie, que mon père a pu, une fois remis, rattraper son retard et reprendre son cursus.

Tous deux partageaient leur temps entre le travail et le suivi du conflit vietnamien, auquel l'entrée en guerre officielle des États-Unis avait donné une dimension internationale. Projeté sur les écrans de télévision et décrypté dans les pages du *Monde*, mis à distance par la force des choses, il n'en était pas moins meurtrier, ni moins réel à leurs yeux. Le sort de leurs proches, dont ils ne recevaient de nouvelles que par intermittence, les angoissait terriblement. Comment croire que « tout allait bien » quand une pluie de dépêches, d'images, de reportages, décrivaient des massacres à n'en plus finir sous un ciel d'enfer, brûlé par le napalm et l'agent orange, une terre bombardée, ruinée, calcinée, où rien ni personne ne semblait pouvoir survivre ? L'inquiétude les dévorait, même s'ils s'efforçaient de ne rien laisser paraître, attentifs à ne pas accroître encore les tourments de ceux qu'ils aimaient. Ce n'est qu'en 1972, lorsqu'une trêve fut enfin déclarée, qu'ils ont pu aller leur rendre visite.

Je me souviens du matin où Linh m'a accueilli à Orly. Il m'attendait aux « Arrivées » avec un appareil photo et m'a immortalisé sous tous les angles avant de me serrer dans ses bras. Nous avons pris le bus et j'ai découvert les avenues de Paris, d'une propreté éblouissante par rapport aux rues noyées de poussière de Saigon. Moins d'une demi-heure après, nous nous sommes attablés à la Maison des Provinces, à la Cité universitaire, où l'on m'a servi mon premier petit déjeuner français : café et tartines beurrées, toutes choses incroyablement exotiques par rapport au riz gluant à la noix de coco et à la cacahuète qui faisait mon ordinaire. Je ne parvenais pas à croire que j'étais là – que la ville autour de moi n'allait pas s'évanouir comme un mirage.

Je n'ai pas remis les pieds dans un avion avant notre retour au pays en 1972. Nous avons atterri au début de l'après-midi et j'ai senti le souffle chaud et moite de la ville passer sur mon visage et mon cou au moment où nous sortions de l'appareil pour rejoindre l'aéroport de Saigon. Nous nous apprêtions à passer la frontière quand des officiers m'ont arrêté en déclarant qu'ils devaient m'interroger. À Paris, j'avais apposé ma signature sur une pétition demandant le retrait des troupes américaines. La CIA ayant des antennes dans les facultés françaises, j'avais été hâtivement fiché comme militant communiste. Seule la présence du juge Tâm, venu nous accueillir avec le reste de la famille, les a dissuadés d'aller plus loin. Il s'est porté garant de moi en expliquant que j'étais son neveu. Son nom, le respect qui y était attaché, m'ont sauvé de la prison.

Cet épisode m'est revenu en mémoire, trente ans plus tard, lorsque des policiers se sont présentés en bas de l'hôtel de Hanoï où nous logions, ta mère, ta sœur, toi et moi, pour me signifier qu'ils me surveillaient. Deux mois plus tôt, j'avais été interviewé par RFI et mes mots avaient manifestement déplu au régime en place. C'était donc mon anticommunisme supposé, cette fois, qui me valait cette « visite de courtoisie ». Bien que le juge ne fût plus là pour me protéger, mon passeport français constituait un solide bouclier, et je n'ai pas été inquiété davantage.

Souffrant d'une grippe, Thinh, qui avait quelques mois plus tôt quitté l'Amérique pour rejoindre son frère et mon père à Paris, n'était pas du voyage de 1972. Il préférait attendre d'être en meilleure forme pour revenir embrasser ses proches ; et puis la visite de ses aînés n'était pas supposée durer plus d'une douzaine de jours. Le temps de saluer les uns et les autres, de puiser un peu d'énergie et de réconfort en eux, de les rassurer et de se rassurer, et ils retourneraient en France. Obéissant une fois de plus à la règle non écrite qui voulait qu'ils n'entreprissent rien l'un sans l'autre, mon père et son cousin avaient intégré la même école d'ingénieurs ; Linh venait d'obtenir son diplôme et hésitait entre un doctorat et un poste que lui avait offert une société de télécommunications, tandis que mon père avait encore au moins un an d'études devant lui.

Leur séjour au Viêtnam fut rythmé par d'incessantes visites, réunions, fêtes de retrouvailles – avec quelques précieuses plages d'intimité. Cela faisait près de huit ans qu'ils n'avaient pas remis les pieds dans leur pays natal. Huit ans que mon père n'avait pas revu celle qui lui avait donné le jour ; quand il s'était retrouvé face à elle, elle l'avait serré dans ses bras sans un mot. Elle ne lui avait pas avoué à quel point son absence lui avait été douloureuse. Mais la manière dont elle s'était affairée auprès de lui, lui réservant les meilleurs morceaux de ses plats préférés comme s'il était un petit enfant, ou au contraire un ancêtre, refusant de le quitter des yeux plus de quelques secondes, disait tout.

Puis le jour même de leur départ, alors que les deux jeunes gens attendaient d'embarquer, Linh a soudain annoncé à son complice de toujours qu'il ne monterait pas dans l'avion avec lui. Ces dernières semaines, a-t-il poursuivi, tandis que son interlocuteur le fixait d'un air effaré, avaient hâté une décision qu'il mûrissait depuis longtemps déjà. Il n'avait pas envie de demeurer plus longtemps en France. L'exil lui pesait depuis le premier jour, il l'asphyxiait même, en le privant de tout ce qui donnait véritablement sens à sa vie, et s'il l'avait supporté jusqu'ici, il ne s'en sentait plus le courage à présent qu'il avait exaucé le souhait du juge Tâm, son père. Son diplôme français lui assurait l'obtention d'une bonne situation dans n'importe quelle grande entreprise ou institution de Saigon. Pas aussi bonne, peut-être, que s'il avait déjà entamé une carrière à Paris. Mais en avait-il vraiment besoin ? Était-il vraiment nécessaire de retourner dans une ville où personne ne l'attendait, où il serait toujours considéré comme un étranger ? Loin des siens, il était comme une plante dans un désert. Il voulait revenir auprès de ceux qu'il aimait ; revenir là où il pouvait être utile, là où il avait sa place. Il avait toujours désiré participer aux combats, appeler aux réformes, défendre ses idées – s'engager, et non pas observer les choses se faire depuis un pays situé à quinze mille kilomètres du sien…

D'abord abasourdi, mon père a tenté de le raisonner alors que retentissait l'annonce de l'embarquement. En vain. Ses mots rebondissaient sur la détermination de son cousin comme sur du verre, il le sentait qui se raidissait contre eux, refusait même de les écouter et, au bout d'un moment, il s'est retrouvé à court d'arguments alors que le temps pressait, que les passagers s'agglutinaient déjà devant le comptoir et présentaient leurs passeports… Mon père ne savait plus quoi faire ni comment réagir, en proie à tant d'idées contradictoires qu'il a tout bonnement cessé de parler. Il s'est contenté de regarder son cousin – son frère. Immobile, et pour ainsi dire suspendu à l'instant. Linh a fini par le prendre dans ses bras et par lui dire de partir. Parce que c'était ce que *lui* voulait. Il lui a souhaité bonne chance ; lui a demandé de veiller sur Thinh, lui a fait promettre de revenir dès qu'il aurait atteint ses objectifs. Et puis il est resté simplement là, avec ses bagages, à regarder son camarade s'en aller, un sourire désolé sur les lèvres.

Je ne sais pas ce que je serais devenu si je n'avais pas rencontré ta mère, deux mois après mon retour en France. Je suis tombé amoureux d'elle dès que je l'ai aperçue, lors d'une soirée de nouvel an organisée à Paris, chez des amis communs. Dans son ao dai *aux couleurs vives, elle était pareille à une fleur tout juste épanouie, dont elle portait d'ailleurs le nom – Xuân Lan, « Orchidée du printemps ». C'était une communiste convaincue, comme notre conversation me l'a vite signifié : elle a aussitôt contesté les réserves que j'ai émises sur le régime en place, et fustigé mon manque de patience, de détermination ainsi que ma « désolante absence d'idéal ». La semaine suivante, je partais pour la montagne. Je lui ai envoyé une carte postale où je lui disais tout le plaisir que je prenais à skier, même si je déplorais le caractère « indéniablement bourgeois » de ce sport. Nous nous sommes revus chez des amis. Elle avait reçu ma carte. Deux ans après, nous étions mariés.*

Les frontières vietnamiennes étaient de nouveau fermées et ta grand-mère n'a pu assister à la noce. Cependant, conformément à la tradition, elle a tenu à offrir à sa future bru sa tunique de mariage. Dans l'impossibilité de trouver une étoffe rouge et or en cette période de pénurie, elle a dû se résoudre à en envoyer une orange, brodée de fleurs blanches. De notre côté, nous n'avions pas les moyens de louer une salle ou de faire appel à un traiteur. La Cité universitaire nous a prêté la première, et les amies de Lan ont pallié l'absence du second en confectionnant des pâtés impériaux, tandis qu'avec quelques camarades, je négociais auprès d'un boucher du treizième arrondissement l'achat d'un cochon de lait. Nous avons acheminé nous-mêmes la bête jusqu'à une boulangerie à proximité de la salle du banquet, et le boulanger a accepté de la faire cuire dans son four. Le jour du mariage, une soixantaine d'amis se sont rassemblés pour grignoter les cha gio *maison et les morceaux de porc à la peau aussi croustillante et dorée que les petits pains auprès desquels ils avaient rôti.*

J'étais heureux, bien sûr, très heureux, mais je n'ai pu m'empêcher d'avoir une pensée pour ma famille demeurée au loin, pour Linh en particulier, qui s'était engagé dans un commando de l'armée sud-vietnamienne et combattait quelque part dans la jungle, au milieu des bombes, pendant qu'on trinquait à ma santé et à celle de ta mère.

Dans la voiture, mon père poursuivait son récit. Fidèle à lui-même, Linh n'avait pas fui le pays après la chute de Saigon, préférant rester sur place pour haranguer les étudiants et les encourager à résister. Envoyé en camp, il n'avait pu se résoudre à faire profil bas pour ânonner sagement les diktats de la rééducation. Il soulignait les approximations, les biais, les erreurs, martelait des informations et des statistiques contredisant la version donnée de tel ou tel événement, reprenait ses interlocuteurs sur des points de géopolitique, alignait les faits et les raisonnements comme on construit un bunker, car c'était bien tout ce dont il disposait pour se mettre à l'abri. Il savait, pourtant, à quel point il était vain de vouloir défendre ce qui était juste ou vrai au sein d'un monde où la justice et la vérité n'étaient que des mots soumis à la volonté des autorités en place. Mais une part de lui refusait de céder, protestait que, même emprisonné, à la merci des gardiens, poussé à la famine, il ne laisserait rien ni personne lui dire ce qu'il devait penser.

Cette attitude lui valait un traitement particulièrement dur et l'interdiction de recevoir des visites. Il a cependant réussi à faire passer un message à sa famille, dans lequel il recommandait de ne pas s'inquiéter pour lui – il était jeune, solide, il tiendrait le temps qu'il faudrait. Sa lettre respirait une détermination calme, presque sereine, qui les a rassurés. Personne n'imaginait qu'il en était réduit à gober des fourmis et des hannetons pour tromper sa faim. Ce qui ne l'a pas empêché, un jour où il avait trouvé une patate douce qui avait glissé hors du sac d'un gardien, de la partager avec des camarades de dortoir : il a placé le maigre trésor découpé en morceaux dans un sac suspendu au plafond, et chacun à son tour a plongé la main pour y pêcher de quoi passer la nuit, le ventre moins creux.

Linh voulait croire qu'on pouvait rester un homme digne même dans les pires conditions. Il mettait cette idée plus haut que la vie. Mais il ne ressentait pas pour autant le désir de mourir en martyr : depuis qu'il était arrivé au camp, il n'avait eu de cesse de vouloir s'en évader. À force de patience, il avait recueilli les informations nécessaires, des données géographiques et cartographiques, géologiques même, et noté les habitudes des gardiens, les endroits les moins surveillés, les fréquences des rondes et des relais. Il s'était associé avec un de ses camarades, dont les compétences d'ancien architecte complétaient les siennes, pour planifier une évasion. Ils prévoyaient de creuser un tunnel qui leur permettrait de passer sous un champ de barbelés situé à l'est du camp, seule voie d'accès à la jungle où ils espéraient semer leurs poursuivants.

La chute de Saigon a sonné le glas d'un régime et la fin d'une ère. Elle a également bouleversé nos vies pour toujours : il m'était désormais impossible de rentrer, et mon exil, que j'avais toujours cru provisoire, est devenu définitif. La brutalité qu'on attendait du nouveau pouvoir ne s'est pas traduite par un massacre généralisé, des viols systématiques ou la mise à feu et à sang de la ville. Après la bataille proprement dite, il y eut quelques semaines de latence, un moment d'entre-deux, de temps suspendu. Puis tous ceux qui avaient servi l'ancienne république ont été invités à se faire connaître afin de suivre un « programme de stages et de conférences » devant les aider à s'adapter à la nouvelle ère et à assimiler les principes du Viêtnam communiste. La transition se ferait en douceur, sans heurt inutile, affirmaient les autorités. Linh et le juge se sont présentés, rejoignant les centaines de milliers d'hommes persuadés de partir pour un temps si bref qu'ils n'emporteraient pour tout bagage qu'une moustiquaire, un peu de nourriture, de linge de rechange, ainsi que du papier et des crayons pour les « cours ».

Voyageur malgré lui

Ils ignoraient qu'ils allaient s'entasser pour plusieurs années dans des baraquements bientôt envahis par la crasse et la vermine. Qu'ils devraient consacrer toutes leurs forces, sur fond d'endoctrinement et de bourrage de crâne, à des travaux dans les mines, les champs, la jungle, morts de fatigue à la fin de la journée et n'ayant d'autre choix que de se lever et de se remettre à leur tâche le lendemain, sous les injures et les brimades de gardiens qui n'hésitaient pas à les battre comme plâtre s'ils laissaient deviner leur état d'épuisement ou échouaient à atteindre les quotas qu'on leur avait fixés. L'erreur était d'avoir imaginé que les arrestations étaient gouvernées par une forme de logique, quand elles n'obéissaient qu'à une mécanique, une machine ivre d'elle-même et des ravages qu'elle pouvait infliger, drapée dans une obsession de pureté devenue meurtrière. Dans cet univers-là, on n'était pas condamné parce que coupable, mais coupable parce que condamné.

Quelque chose n'avait pas fonctionné. L'architecte s'était trompé dans ses calculs ou Linh dans son chronométrage des rondes, à moins qu'on ne les ait dénoncés, toujours est-il que les gardes les ont surpris au petit matin entre deux rangées de barbelés. Ils les ont mis en joue tout en leur criant de lever les mains, et Linh s'est exécuté sans se retourner, les cheveux gris de poussière, la sueur dessinant sur son visage terreux de fines rigoles qu'il n'a pas pris la peine d'essuyer, trop occupé à fixer la lisière de la jungle, à quelques dizaines de mètres de là. À vingt minutes près, il réussissait. A-t-il alors songé à tout ce qu'il avait rêvé d'accomplir ? À sa famille, à son frère et à son cousin, aux promesses de réussite et aux serments de fidélité qu'ils avaient échangés à l'adolescence ? À Robin des Bois et aux Trois Mousquetaires, aux héros qui triomphent dans les romans, mais uniquement dans les romans ? Mon père l'ignorait. Il imaginait seulement que son cousin avait fermé les yeux l'espace d'un instant, comme pour mieux sentir les rayons du soleil. Qu'il avait pris une profonde inspiration, comme s'il pouvait absorber toute la lumière qui pleuvait sur lui. L'un des gardes avait choisi cet instant pour l'abattre. Ils en guettaient l'occasion depuis longtemps. Les responsables du camp le jugeaient irrécupérable et ils avaient fait passer le mot, demandé à ce qu'on s'occupe de lui, n'attendant qu'un prétexte que Linh leur avait enfin fourni en ce jour dont il s'était promis qu'il serait le dernier dans ce camp, et de fait c'était le dernier, l'ironie de la chose n'avait sans doute pas eu le temps de lui apparaître, il avait été tué sur le coup, les yeux ouverts, le corps affaissé sur les barbelés, les lunettes tombées à terre, les verres encore intacts dans leur monture d'acier.

S'il avait patienté quelques mois de plus, il serait sorti, m'a révélé mon père avec tristesse tandis que nous arrivions à mon domicile parisien. Le camp avait été démantelé moins d'un an après son décès, et tous les prisonniers renvoyés chez eux. Mais il n'avait aucun moyen de le deviner alors. Beaucoup croyaient que leur peine s'étendrait sur un temps indéfini, durerait toute leur existence, peut-être. Linh n'avait pas supporté de laisser s'écouler les jours comme le sang d'une blessure. Sa nature l'avait toujours porté à tout risquer – quitte à tout perdre.

Ta grand-mère est venue nous rejoindre à Paris dans les mois qui ont suivi le départ des Américains du Viêtnam. C'est par un étrange retournement de situation qu'elle a obtenu de pouvoir quitter le pays. Le dossier affirmant que j'étais procommuniste avait été conservé tel quel dans les archives et quand la nouvelle administration l'a découvert, elle a aussitôt délivré un avis favorable au départ, considérant ma mère et moi-même comme une réclame en puissance pour le Viêtnam nouveau. La douane a malgré tout fouillé ses bagages avec minutie avant de les sceller avec des bandes de fer, qu'il a fallu briser avec un pied-de-biche une fois à Paris...

Entre-temps, ta mère et moi avions quitté notre chambre d'étudiant pour un petit appartement. Nous avons ensuite déménagé dans une petite maison en banlieue, et puis dans une autre, plus grande. La candidature de ta mère comme chargée de recherches au CNRS avait été acceptée, tandis qu'une entreprise informatique m'avait offert un poste. Je devais concevoir des logiciels de gestion qui seraient vendus à des sociétés dispersées dans toute la France. Il ne s'agissait pas seulement de rester assis derrière un bureau à imaginer des programmes : il faudrait aussi rendre visite aux clients pour définir le cahier des charges, leur expliquer le fonctionnement du produit, revenir au moins une fois l'an pour l'entretenir et s'assurer de son bon fonctionnement – sans compter les pannes éventuelles qui pourraient requérir ma présence. Ainsi décrit, le travail n'avait rien d'exaltant, mais il était assorti de conditions confortables. Et puis je saurais le faire, et bien le faire.

Presque malgré nous, nous commencions de nous établir en ces lieux où nous n'avions pensé que passer. Nous commencions de construire une existence, et même de la prolonger : ta sœur a vu le jour peu après l'arrivée de ta grand-mère chez nous et trois ans après, tu es née.

Le juge Tâm, m'a confié mon père, n'a jamais su le sort qui avait été réservé à son fils aîné. S'étant lui aussi signalé au nouveau gouvernement à la chute de Saigon, il avait été pareillement envoyé en camp, mais à trois cents kilomètres de celui où Linh devait trouver la mort. Son honnêteté, sa réputation, son âge – soixante-sept ans – n'avaient compté pour rien au moment de sa condamnation. C'était un membre de l'ancienne administration, donc un criminel ; il n'y avait pas à chercher plus loin. Peut-être a-t-il espéré que les états de service de Bao et Bao lui-même les protégeraient, lui et Linh : quel plus éclatant gage de loyauté vis-à-vis du pouvoir en place, en effet, que celui d'un homme qui avait renoncé à tous ses privilèges pour rejoindre, au péril de sa vie, les rangs de la résistance communiste quand celle-ci en était encore à ses balbutiements ? Mais le fait d'avoir un parent haut placé dans la hiérarchie du régime s'était finalement retourné contre eux, car en ces temps de paranoïa grandissante, les interner était tout autant un devoir qu'un moyen de mettre à l'épreuve la fidélité de leur frère et oncle, cet homme qui n'était ni n'avait jamais été un prolétaire de pure souche.

Sitôt qu'il a été informé de la situation, Bao, bien que déterminé à faire libérer le juge – le cas de Linh, qui ne manquait pas une occasion de défier ses geôliers, ne lui laissait guère de marge de manœuvre –, a donc œuvré avec beaucoup de prudence : s'il tombait avec lui, il ne resterait plus personne pour leur venir en aide. Il a procédé avec méthode, dosant savamment les sollicitations, les pots-de-vin, les prières, les pressions. Achetant chaque responsable de chaque cercle, du ministre au gardien subalterne, ne négligeant aucune petite main pour être sûr du succès de son entreprise. Des mois s'étaient écoulés en négociations feutrées et en échanges nocturnes lorsqu'on l'a informé que sa requête avait été entendue. Dans sa magnanimité, le gouvernement avait accepté de gracier le juge, sensible à l'état de santé du prisonnier. Il avait même été accordé à Bao d'aller en personne annoncer à son frère la décision, qui prendrait effet de suite.

Il est parti au petit matin, dans une Jeep chargée de provisions et de vêtements chauds, et durant tout le trajet, a songé à la dernière fois où il s'était rendu chez le juge, cette rencontre qui n'en était pas une, où il avait évité son regard et gardé les lèvres serrées, raidi dans son rôle de membre du Parti faisant face à un représentant exemplaire de cette classe bourgeoise qu'il était supposé haïr, qu'il avait haïe d'ailleurs, avec suffisamment de force pour s'en désolidariser et la combattre avec acharnement, bercé par l'utopie d'un monde où chacun aurait une juste place. Mais s'il continuait d'abhorrer les principes sur lesquels l'ancien système était bâti, il aimait et aimerait toujours les traditions. Sa famille. L'idée d'appartenir à une lignée. Et il regrettait de ne pas avoir eu le courage de dire tout cela au juge. De n'avoir pas osé lui avouer qu'il regrettait d'en être arrivé là – à renier ce en quoi il croyait, alors qu'il s'était engagé, qu'il avait risqué sa vie et celles des siens justement pour rester fidèle à l'homme qu'il voulait être. Qu'importait ce que le Parti en penserait. C'était son frère, après tout, et cela faisait des années qu'il ne lui avait pas parlé librement, sans brider ses mots et sa pensée, sans surveiller ses propos, agissant à son égard comme vis-à-vis d'un ennemi.

Nous avons essayé de vous donner l'enfance dont nous avons été dépouillés, loin de la pauvreté, de la terreur et des deuils. Je ne vous ai jamais rien confié de ce que j'avais vécu avant. À quoi bon charger vos épaules d'une pénible mémoire ? Dans la famille, nous avions d'abord évité d'évoquer mon père et mon grand-père pour ne pas faire de peine à ma mère et lui rappeler inutilement ce qu'elle avait souffert. Plus tard, nous avions usé d'euphémismes et d'allusions détournées chaque fois que les actions des uns ou des autres nous coûtaient un être cher. On ne prononçait jamais des termes tels que « meurtre » ou « assassinat » : on parlait d'« absence », de « disparition ». Des mots neutres, blancs, transparents qui n'engageaient la responsabilité de personne, ne laissaient rien deviner de ce que pensait celui qui les employait. Il fallait éviter de se faire remarquer en pleine guerre civile, alors que le danger pouvait venir d'un passant à l'oreille indiscrète comme d'un voisin à la langue bien pendue.

Au fil du temps, se taire est devenu un automatisme, un trait de ma personnalité, une habitude si bien intégrée qu'elle s'était muée en façon d'être. Je ne t'ai pas révélé, par exemple, que mon ami qui aimait t'offrir des livres de musique, avait été dans une autre vie un général rêvant de renverser un régime qu'il jugeait corrompu, un leader charismatique ayant orchestré un coup d'État où il avait perdu, dans la même seconde, son frère et son meilleur ami, abattus dans la Jeep qui les menait au palais présidentiel. Il avait pris les lieux d'assaut avec le reste de la troupe et avait tenu un peu moins de quarante-huit heures avant de devoir fuir par hélicoptère et de s'exiler en France, où sa femme l'avait rejoint après s'être faufilée, déguisée en paysanne, de rizière en rizière pour gagner la frontière cambodgienne… Quand l'oncle Bao est venu séjourner chez nous, alors que tu devais avoir sept ou huit ans, je ne t'ai pas non plus raconté son histoire. Longtemps, il est resté pour toi un parent lointain et un peu ennuyeux, un vieil homme qui n'avait rien de particulier et dont le français hésitant, manquant de fluidité, t'impatientait – comme tu t'impatientais parfois devant mon incapacité à prononcer les « r », ma fusion des « u » et des « ou », mon utilisation systématique du présent au lieu du futur ou du passé composé, ma difficulté à comprendre certaines de tes expressions.

À cet instant de son récit, mon père s'est interrompu, comme si parler lui coûtait. Nous étions en bas de chez moi depuis plusieurs minutes déjà. Il avait éteint le moteur de la voiture, mais je ne songeais pas plus à descendre qu'à l'interroger plus avant. Depuis le début de son histoire, il semblait moins s'adresser à moi qu'à lui-même, et je me faisais la plus petite et la plus discrète possible, car je craignais, si je manifestais ma présence de quelque manière que ce soit, de briser son élan. Je ne l'aurais voulu pour rien au monde, moi qui avais si longtemps attendu qu'il se livre et attendais à présent d'apprendre, avec un mélange d'avidité et d'appréhension, ce qui était arrivé à Bao et au juge Tâm.

Mon père a pris une grande inspiration avant de poursuivre. Devant les portes du camp où le juge était emprisonné, a-t-il dit, Bao a eu un bref accès de faiblesse. Il ignorait si c'était parce que le trajet avait duré presque sept heures, ou parce qu'il allait enfin revoir le juge, mais il avait le souffle et les jambes coupés. Il était heureux malgré tout. Entre son frère et le Parti, il avait choisi son frère, et il lui semblait que cela rachetait son attitude le jour où Tâm avait allumé à son intention des bâtons d'encens sur l'autel des ancêtres. Ils ne s'étaient parlés qu'une fois depuis, peu après l'emprisonnement du juge. Celui-ci paraissait à bout de forces et lui avait confié « pouvoir tenir un an, peut-être deux, mais pas plus ». Si Bao n'avait rien répondu alors, il s'était promis de tout faire pour le sortir de là. Deux ans s'étaient écoulés, il venait honorer cette promesse, tout était bien.

Sitôt qu'il lui a montré son laissez-passer à l'entrée du camp, un gardien s'est empressé de lui ouvrir. Il lui a tendu les papiers ordonnant la remise en liberté du juge, et l'homme les a fixés avec un tel air de perplexité que Bao s'est demandé s'il savait lire ou s'il n'allait pas devoir lui expliquer ce qui était écrit. À l'instant où il s'apprêtait à ouvrir la bouche, son interlocuteur l'a prié de patienter quelques minutes – il allait chercher le responsable. Bao a réprimé un geste d'impatience. Il n'avait pas envie de perdre son temps en salamalecs, il n'était là que pour son frère, il avait hâte de l'emmener, de jeter un manteau sur ses épaules – il faisait très froid, comme plusieurs personnes l'en avaient averti –, hâte aussi de lui dire que tout le monde l'attendait. Mais il s'est contenu, conscient que la moindre de ses réactions serait enregistrée, étudiée, jaugée. Qu'il suffisait d'un signe d'agacement pour qu'il soit immédiatement suspecté de déloyauté et que toutes les précautions qu'il avait prises jusqu'à présent soient anéanties. Ce n'était pas le moment, si près du but, et tandis que le responsable le saluait, il a décidé d'être poli, mais ferme, et, au cas où on le retiendrait plus que nécessaire, d'arguer d'une importante réunion du Parti à laquelle il devait assister à Saigon.

Tout comme son subalterne tout à l'heure, l'homme semblait singulièrement embarrassé et c'est alors seulement qu'a surgi une pensée qui a glacé Bao et lui a fait oublier tout le discours qu'il avait préparé pour exiger de voir sur-le-champ le prisonnier. Il n'a pas écouté les explications du responsable qui parlait des conditions difficiles, des températures particulièrement basses cette année, de la fatigue générale, de la faiblesse d'un homme passé un certain âge, il a refusé d'écouter pendant que son interlocuteur lui faisait traverser tout le camp, la cour, les couloirs, les baraquements, le mouroir qui tenait lieu d'infirmerie, il n'a fait que marcher et marcher, sourd aux paroles décousues qui tombaient de la bouche de son guide, indifférent à sa proposition de reprendre la voiture pour gagner du temps, marcher et marcher sans lâcher un mot, si bien que le responsable en est venu à se taire à son tour, jusqu'à ce qu'ils arrivent à une vaste étendue de terre fraîchement remuée, une tombe nue, sans pierre où inscrire un nom, qui se serait perdue à jamais dans l'anonymat des milliers d'hommes et de femmes morts pour rien si le frère du juge ne s'y était arrêté, les yeux et le front brûlants, les jambes tremblantes, le poing crispé, alors que l'autre lui annonçait que le prisonnier était malheureusement décédé quelques jours plus tôt.

Il était malade depuis longtemps déjà, on n'avait pas voulu inquiéter la famille, il avait semblé se remettre, et puis son état s'était dégradé d'un coup, en quelques heures, ils avaient tout tenté pour le sauver mais ils n'avaient rien pu faire, et Bao savait que c'était faux, que le juge était mort de faim, de froid et d'épuisement, qu'on ne soignait personne dans les camps, que les gardiens regardaient les uns et les autres crever comme des insectes nuisibles, sans un geste, sans un mot. Il savait que Tâm était mort parce que nul ne pouvait survivre dans de telles conditions, que tout le courage du monde ne permettait pas à un homme de soixante-huit ans d'avoir la même résistance qu'un homme de vingt, et puis parce que lui-même avait été trop occupé à peser les risques, à s'interroger sur les conséquences, de sorte que le juge était mort seul, loin de ceux qu'il aimait, sûr que son frère l'avait abandonné, et que tout ce qu'il restait maintenant à faire à ce frère, c'était de vivre avec cette pensée.

En une poignée d'années, j'ai vu disparaître de nouveau presque tous ceux qui m'étaient chers. Linh exécuté lors de sa tentative d'évasion. Le juge usé jusqu'à en mourir d'épuisement. Thinh interné dans un asile parisien d'où il sortirait à jamais diminué. Hoai perdant son enfant et celui qu'elle aimait avant de s'évanouir elle aussi au détour d'un chemin. De mon existence au Viêtnam ne subsistait plus aucun témoin, à part ma mère, avec qui je ne parlais pas plus de tout cela que je ne l'évoquais avec toi. Nous savions elle et moi qu'il n'y avait rien de mieux à faire que de poursuivre notre route. Se projeter dans l'avenir, ou à tout le moins s'accrocher au présent, avancer, un jour après l'autre, en évitant de se retourner sur les désastres traversés.

Les compagnons de ma jeunesse étaient morts, prisonniers d'un camp, d'un pays, d'une maladie mentale. J'étais vivant et libre, sans cesse en mouvement, occupé à sillonner la France au volant des voitures de fonction successives octroyées par la société qui m'employait – une Peugeot 504 marron glacé, une Renault 25 vert jade, une

Retours

XM à la blancheur laquée. De Vierzon, Bourges, Douai ou Châteauroux, je rapportais des porte-clefs, des casquettes siglées et des boules à neige, quand je n'envoyais pas des petits mots griffonnés sur des cartes postales représentant le calvaire de Tronoën, le château d'Époisses, la passerelle Eiffel de Bordeaux. Une plage du Midi ou un village d'Ardèche. Autant de fragments de France que je retrouvais punaisés avec soin sur le mur de ta chambre lorsque je rentrais à la maison, et que je m'amusais parfois à réagencer, dessinant et redessinant inlassablement la géographie de cette contrée où j'avais finalement posé mes bagages – comme si cela me permettait de la faire mienne.

Je croyais qu'évoquer Thinh, Hoai, Linh, le juge et son frère, était la première étape d'un processus plus vaste. Que mon père se libérait ainsi de ses souvenirs et de la douleur dont ils étaient empreints, comme Sun et lui lâchaient autrefois des cerfs-volants dans le ciel de leur village. Je croyais que les non-dits cumulés, exerçant une pression devenue insupportable, avaient enfin fendillé le masque de distraction et d'oubli qu'il portait comme une seconde peau, laissant éclater les réminiscences dont il déroulait le fil avec une fluidité d'autant plus troublante qu'il gardait un accent prononcé, imprégnant les noms, lieux, dates qu'il égrenait comme s'il ne pouvait plus s'arrêter, avide de ramener au jour toutes ces existences noyées dans le temps, alors qu'il les avait côtoyées de si près, alors que leur destin aurait pu être le sien. Une vérité qu'il tâchait d'étouffer en étoffant ses récits, ajoutant toujours plus de détails à ses descriptions, plus de relief à ses décors, plus d'épaisseur à ceux qui les peuplaient, comme s'il pouvait s'effacer derrière eux, derrière ces absents qu'il s'efforçait de rappeler auprès de lui pour affirmer une fois pour toutes qu'ils avaient existé, qu'ils avaient compté, qu'ils n'étaient pas tout à fait morts puisqu'ils subsistaient dans ces paroles semées sur la route menant de la maison où j'avais grandi à l'appartement où je vivais à présent.

Je croyais que les récits de mon père concernant les compagnons et gardiens de sa jeunesse, ceux qui avaient grandi avec lui, ceux qui avaient veillé sur lui, étaient autant de portes d'entrée, d'accès possibles à sa vie à lui. À ce qu'il avait pensé, senti, ressenti. À son être profond. Parler d'eux était une manière de délabyrinther son esprit. Les barrières qu'il y avait maintenues pendant plusieurs décennies, tel un soldat prêt à mourir pour défendre une position stratégique, n'allaient pas tarder à s'effondrer sur elles-mêmes. Encore un peu de patience, d'écoute, et la lumière serait faite sur sa propre histoire. Il en déroulerait les méandres avec hésitation, d'abord, et puis avec naturel, et même aisance. Les blancs se rempliraient, les vides seraient comblés Les questions que je lui avais posées avec tant de maladresse quand j'avais seize ans obtiendraient enfin leurs réponses.

Je n'avais pas soupçonné que sa soudaine propension à se confier pouvait être le signe d'autre chose.

Bientôt, mes déplacements professionnels se sont étendus au-delà de la France : au lieu de rejoindre en voiture des destinations en province, j'ai commencé à prendre l'avion pour participer à des réunions en Europe, en Amérique et en Australie. Voyager m'est devenu aussi naturel que dormir, manger, respirer. Cela faisait partie intégrante de ma vie, professionnelle et personnelle – j'étais heureux de découvrir et de vous faire découvrir tous ces pays que je n'aurais jamais imaginé visiter, enfant. L'Italie, l'Espagne, le Portugal, la Tunisie, le Maroc, la Hollande, la Suisse, l'Autriche, la Grèce, la Turquie... Les années passant, nous nous sommes rendus dans presque toutes les nations du globe. Mais pas au Viêtnam, dont les frontières demeuraient fermées. Ta mère seule y retournait, n'ayant jamais été inquiétée par les autorités. Son père, propriétaire terrien, avait failli être exécuté comme bien d'autres à l'époque de la réforme agraire, mais plusieurs dirigeants communistes qui lui devaient la vie – il en avait caché beaucoup à l'époque où ils étaient recherchés par les autorités coloniales – avaient retiré son nom des listes de proscription. Bien que sa fortune eût été réduite à néant, lui-même et les siens avaient été épargnés. Xuân Lan allait chaque année les voir pour prendre et donner des nouvelles ; elle avait conservé toute sa famille là-bas, tandis que j'avais fait venir auprès de moi l'unique personne parmi mes proches qui fût encore de ce monde.

Il ne reste plus que deux heures de vol avant l'atterrissage à Paris et je continue de songer à mon père. Il posait toujours un regard lointain sur ce qui l'entourait, comme si l'existence passait devant lui sans qu'il y eût vraiment sa part. Il oubliait toujours où il avait laissé ses lunettes, ses papiers, sa serviette, le journal qu'il lisait encore dix minutes auparavant. Mettait plusieurs secondes avant de répondre aux adresses répétées de ses proches. Affichait l'air d'un oiseau tombé du nid quand je faisais allusion à une conversation que nous avions eue quelques heures plus tôt. Sans doute avais-je été étonnée, un jour, de le voir prendre un autre chemin que celui qu'il empruntait d'habitude pour me raccompagner chez moi et faire un détour inutile, et puis encore un autre. Mais nous avions fini par retomber sur nos pieds et il m'avait expliqué qu'il avait juste voulu « changer un peu ».

En vérité, depuis un moment déjà, lui qui était doué d'un excellent sens de l'orientation semblait l'avoir égaré. Depuis son retour définitif en France, il arrivait régulièrement en retard aux rendez-vous que nous nous donnions pour un café ou la visite d'une exposition. J'avais mis cette confusion sur le compte de ses années vécues en Australie, puis en Californie. Après tant de temps passé au loin, était-il si surprenant de se sentir dépaysé de retour à Paris et d'avoir besoin de quelques jours ou de quelques mois pour recouvrer ses repères ? Assurément non. Aussi avais-je observé avec un sourire ces énièmes manifestations de l'étourderie paternelle, qui nourrissaient une bonne partie des anecdotes lors des déjeuners et dîners de famille. L'intéressé, bien sûr, ne manquait jamais de nier qu'elles s'étaient produites, ou alors prétendait, avec une candeur parfaitement jouée, ne pas en garder le moindre souvenir.

Quelques semaines après ce dernier soir où il m'avait raccompagnée chez moi et raconté l'histoire du juge Tâm, j'ai commencé à remarquer qu'il ratait plus souvent ses rendez-vous, désormais, qu'il ne les honorait, que ce soit chez le dentiste ou le coiffeur, avec son partenaire de tennis, un parent éloigné, des amis avec qui il était supposé avaler un *pho* dans une cantine du treizième. Il n'oubliait plus un ou deux produits sur la liste de courses que lui avait remise ma mère, mais la moitié, quand il n'omettait pas tout bonnement d'aller au supermarché. Il faisait montre d'une maladresse croissante. Laissait tomber des fourchettes, des verres, des vases, comme s'il ne pouvait plus rien garder dans les mains. À deux ou trois reprises, il est tombé lui-même, arborant un bleu sur le bras ou sur la pommette à propos duquel il fournissait des explications plus ou moins vraisemblables – il avait raté une marche d'escalier ou chuté d'un escabeau.

Il a longtemps refusé d'aller consulter un médecin. Peut-être parce qu'il préférait mentir, et se mentir, sur la gravité de son état. Ou plutôt parce qu'il savait et que, conformément à l'altruisme obstiné qui soustendait chacune de ses actions, il voulait causer le moins de souci possible à sa famille, tâchant de retarder l'annonce d'une vérité qui ne manquerait pas de nous dévaster. Après avoir avancé tous les arguments qu'elle avait pu trouver, ma mère a eu recours à la ruse : elle a décrit des troubles imaginaires et demandé à mon père de l'accompagner chez un spécialiste. Ce n'est qu'alors qu'il a accepté, acculé, de se laisser examiner. Lorsque le diagnostic est tombé et que j'en ai été informée par ma mère, dont la voix blanche avait pris une résonance presque métallique dans le téléphone, j'ai serré le combiné à m'en briser les doigts

J'avais plus de quarante ans désormais et calculais que bientôt, j'aurais passé davantage de temps en exil que dans mon pays – à supposer que ce fût encore mon pays, maintenant que j'avais pris la nationalité française, vivais en France, et parlais et mangeais plus souvent français que vietnamien. Le Viêtnam où j'avais grandi avait de moins en moins à voir avec celui où se rendait chaque année ta mère. À force de demeurer en moi, rien qu'en moi, il tendait de plus en plus à prendre la consistance et les couleurs d'un rêve, très vif, très saisissant, mais d'un rêve. Certains jours, étrangement, mon impression s'inversait : j'étais au travail, chez moi ou dans la voiture, et il me semblait tout à coup que mon existence présente était un rêve. Que bientôt, je m'éveillerais et ouvrirais les yeux dans la maison de Hanoï ou de Saigon. C'était un dimanche comme tant d'autres et, dans la moite chaleur de l'été, Linh, l'air rieur, m'appelait pour me défier au duel de grillons, alors que Thinh proposait d'aller manger une glace pour nous rafraîchir. Assise sur le petit banc de pierre qui bordait notre salle d'études, Hoai demandait avec timidité si elle pouvait se joindre à nous ; nous lui signifiions d'un geste que sa présence allait de soi. Après avoir obtenu la permission de nos mères et tantes, notre petite bande traversait la cour ombragée par les plaqueminiers et franchissait le portail ouvragé de la demeure du juge. Nous courions chez le marchand, à trois rues de là. Il avait choisi d'ouvrir une échoppe presque en face de l'école dont les portes déversaient en semaine des flots et des flots d'élèves se disputant ses friandises. Le ciel était d'un bleu pur, intense, comme s'il concentrait tout le bleu du monde. Je sentais le soleil sur ma nuque, le parfum des kakis, et l'odeur sucrée de la noix de coco et du sirop de canne sur les copeaux de glace, dont je pouvais presque goûter les saveurs mêlées sur ma langue engourdie. Tout semblait si vrai, si proche… Mon cœur s'accélérait, une angoisse montait, un vertige me saisissait… et puis rien. Les choses revenaient à la normale, et moi à la réalité.

Le nez collé au hublot, je n'en finis pas de remuer mes souvenirs. Nous sommes en novembre, l'hiver succède à l'automne. Je vois évoluer mon père dans son existence quotidienne comme un poisson rouge dans sa prison transparente, incapable d'absorber aucune information inédite au-delà de quelques minutes ou quelques secondes. Les noms des personnes qui lui sont présentées lors d'un déjeuner ou d'un dîner s'effacent dans la nuit, de même que les événements qui se sont produits quelques jours plus tôt, ou la conversation que nous avons eue lors de notre dernière réunion de famille.

Bientôt, il perd la mémoire des visages et des lieux. Des couleurs, des goûts, des parfums. Il ne sait plus quel jour de la semaine nous sommes, quel mois, quelle saison, quelle année. Les dates valsent dans sa tête comme si on les avait jetées dans un gigantesque shaker qu'on se serait employé à secouer dans tous les sens. Il lui arrive de ne plus se rappeler où il est ni ce qu'il fait là. Il regarde les murs du salon ou de son bureau avec des yeux effarés, contemple avec un air d'incompréhension le jardin où ses filles jouaient autrefois à la balançoire, tandis que ma grand-mère, du temps où elle était encore parmi nous, soignait les rosiers qu'elle avait elle-même plantés. Même quand ma sœur et moi lui prenons la main en murmurant des paroles d'apaisement, avec la crainte, aussitôt étranglée, de le voir poser sur nous le même regard exactement que sur la maison où il a habité pendant plusieurs décennies, il demeure seul, irréductiblement, égaré quelque part dans le temps et l'espace, frêle silhouette se découpant sur un écran vide, au sein d'un monde où il lui est devenu impossible de trouver le moindre sens aux choses.

Lui qui était si féru de problèmes mathématiques s'avère incapable de suivre un raisonnement un peu développé. Les calculs les plus simples se situent désormais hors de sa portée. Le fil des discussions lui échappe, même s'il réussit à le dissimuler en imitant les expressions des autres convives, riant quand ils rient, se taisant quand ils se taisent, baissant les yeux quand ils les baissent, prenant l'air gai ou accablé quand ils le prennent… Cacher ses failles, donner le sentiment que tout va bien, faire illusion auprès de nous est devenu son seul but au jour le jour. Il ne parle jamais de sa souffrance, pourtant supérieure, j'en suis certaine, à celle née de toutes les épreuves qu'il a déjà subies, enfant et adolescent. En s'attaquant à son cerveau, la maladie menace son identité même. Elle le réduit à n'être plus qu'une ombre ou un fantôme – vivant et cependant mort. Il a beau lutter, s'accrocher avec énergie aux débris de son existence, il sent bien qu'il perd pied, qu'il ne peut pas faire autrement que perdre pied : quels que soient ses efforts, c'est elle qui aura le dernier mot.

Peut-être ces instants où il me semblait pouvoir toucher du doigt ma jeunesse disparue, ces plongées hallucinées dans un monde que je savais englouti, n'étaient-ils rien d'autre que les signes avant-coureurs de ce qui me ronge aujourd'hui. Seulement, si le présent m'échappe comme il m'a toujours échappé, plus instable et fuyant qu'une coulée de sable ou de poussière, le passé continue de vivre en moi avec une telle netteté, une telle clarté... Toutes ces années où je me suis tu, je n'ai pas pour autant perdu la mémoire. Buffle, Sun, mon père, mon grand-père, Thinh, Hoai, Linh, le juge : mes morts sont demeurés dans mon cœur et mon âme quand bien même je m'interdisais de les évoquer, m'accompagnant dans chacun de mes gestes, chacune de mes pensées. Le silence n'est pas l'effacement mais l'écrin du souvenir. Je n'ai pas le sentiment d'être en train d'oublier quoi que ce soit, simplement de passer un peu plus de temps chaque jour dans un songe familier, qui m'appartient et auquel j'appartiens, et dont je ne parviens pas à croire qu'il va s'évanouir avec moi.

Les progrès si rapides de la maladie de mon père me poursuivent tandis que l'avion amorce sa descente. Il ne se contente plus de perdre son parapluie ou ses clefs, mais les place dans les endroits les plus saugrenus – un vase, le balcon de la voisine, un massif du jardin. Longtemps, ma mère lui rappelle, encore et encore, les choses qu'il a à faire et les tâches qu'il est supposé accomplir. Elle noircit les pages de son agenda, colle des notes sur le réfrigérateur, sème des Post-it dans toutes les pièces de la maison comme si elle pouvait par là tenir à distance l'affection qui le détruit. Elle indique aussi le contenu des différents placards, vaisselle, couverts, torchons, serviettes de bain, etc. Cerner mon père de recommandations manuscrites est sa manière à elle de se battre. Avec plus ou moins de réussite puisque son mari n'en oublie pas moins de fermer la porte de chez eux en partant, d'arroser les rosiers ou d'ingurgiter, trois fois par jour, les gélules prescrites par le médecin…

Après avoir constaté l'efficacité toute relative de l'affichage de mots un peu partout, ma mère change de tactique. Elle ne quitte plus mon père d'une semelle et, continuant de se souvenir pour deux, passe comme par hasard une tête dans le bureau pour suggérer qu'il serait peut-être temps de faire ceci ou cela, et, d'autre part, est-ce que cela le dérangerait si elle l'accompagnait chez X ou Y qu'il doit voir pour discuter de tel sujet ? Elle se mue en emploi du temps parlant, veillant à ce que chaque chose soit faite en temps et en heure, et cet interventionnisme systématique semble fonctionner. Sa vigilance – qui confine à la surveillance policière – pallie les absences de mon père et on dirait presque que la maladie et lui se sont mis d'accord sur un *modus vivendi*. Que la situation s'est en quelque sorte stabilisée, comme une chanson qu'on passe en boucle.

Et puis un jour, ouvrant la porte de la cuisine, je trouve mon père en train de décortiquer d'un air concentré les gélules qu'il est supposé avaler tout rond – deux rouges, deux bleues – pour en dissoudre le contenu dans un verre d'eau, avant de le boire avec une grimace, pestant tout bas contre son goût atroce.

Je sais bien que le sentiment de ne pouvoir oublier, si puissant à cette heure, n'est qu'une illusion. Peut-être te rappelles-tu ce jour où j'avais décidé de t'initier à l'électricité, suivant ma manie de vouloir t'exposer le fonctionnement du monde à l'aide de mini-expériences scientifiques ? Je m'étais muni d'une ampoule, de deux fils électriques et de deux piles, et j'ai d'abord branché l'ampoule sur un courant trop faible. Une lueur anémique en a résulté, un clignotement fragile et tremblotant qui faisait presque pitié, dont je t'ai expliqué qu'il était dommageable, sur le long terme, au fonctionnement du circuit. J'ai ensuite alimenté le même circuit avec une tension trop élevée – pas assez pour provoquer une surcharge et tout faire sauter, mais suffisamment pour que le filament chauffé à blanc brille d'un éclat exceptionnel pendant trois ou quatre minutes. La lumière affichait une intensité extraordinaire, à croire que toute l'énergie qui se trouvait dans la pièce y avait été concentrée. On avait presque l'impression qu'en brisant la bulle de verre, la lumière déborderait pour couler sur la table et, comme dans un conte, envahirait toute la salle qui se mettrait à resplendir jusqu'à nous aveugler... Puis soudain tout s'est éteint, aussi brutalement et simplement qu'une chandelle qu'on mouche.

C'est là ce qui m'attend.

Dès avril, mon père perd toute autonomie. Le fonctionnement de la plupart des appareils de la maison lui devient peu à peu aussi impénétrable qu'un rite rattaché à une civilisation imaginaire ou disparue. Il est incapable de se préparer un café, d'allumer la radio, d'actionner la bouilloire. Incapable de cuire un steak, de manier n'importe lequel des instruments contenus dans sa caisse à outils – dont il serait bien en peine de dire à quoi ils servent, désormais – et même de trouver l'interrupteur qu'il a lui-même installé, quinze ans plus tôt. Les choses apprises les dernières sont les premières oubliées, tandis que les connaissances acquises dans l'enfance subsistent quelque temps encore pour faire place à la mémoire instinctive, qui meurt à son tour. Mon père ne peut plus avoir une conversation sans plonger aussitôt dans la confusion, tout en conservant le désir de parler. Alors il parle et parle, mais le souvenir des mots qu'il a prononcés s'évanouit dans le néant à la manière d'une empreinte de pas sur le sable qu'une petite vague ou un souffle de vent suffisent à effacer. Il me déroule et redéroule inlassablement les destins de ses disparus, il recommence encore et toujours le même laïus, sans paraître avoir conscience de ce qu'il raconte ni de la personne à qui il s'adresse.

Il ignore comment faire démarrer sa voiture, mais garde chevillé au corps l'instinct de partir, de prendre la route comme il l'a fait toute sa vie, ballotté d'une ville à l'autre durant son enfance, traversant l'océan pour venir faire ses études en France, choisissant de travailler pour une entreprise qui l'a amené à voyager aux quatre coins du pays, s'expatriant enfin en Australie, puis en Amérique, dès que ses filles ont été assez grandes et qu'il a cessé de leur être indispensable. Le goût du mouvement est ancré en lui comme le silence l'a été et l'est encore, d'ailleurs, à présent que ses logorrhées, tournant à vide, ne livrent plus rien de lui. Aussi profite-t-il du moindre instant d'inattention pour ouvrir la porte et disparaître dans le soir qui vient. Il va le plus souvent à pied mais quelquefois aussi à vélo. Il en a fait l'apprentissage plus d'un demi-siècle auparavant, en même temps que ses cousins bien-aimés… Comme alors, il erre dans la ville en pédalant jusqu'à en perdre le souffle. Sa conduite est seulement plus chaotique : il roule sur les trottoirs, s'égare d'un carrefour à l'autre, tandis que ma mère, ma sœur et moi-même sillonnons le quartier en voiture munies de nos téléphones, prêtes à appeler ou décrocher dès que l'une d'entre nous l'apercevra.

C'est souvent moi qui le retrouve. Est-ce le fait du hasard ou de cette habitude que nous avions de grimper dans son véhicule pour rentrer chez moi qui a installé entre nous un courant subtil et mystérieux, un lien délicat, fragile, semblable à un fil de la vierge ? La lueur d'un réverbère éclaire soudain sa silhouette indécise, et je le vois qui tourne la tête de-ci de-là en se demandant quelle direction prendre, continuer à gauche, à droite, tout droit, rebrousser chemin, toutes les hypothèses et tous les choix s'annulant puisque mon père ignore sa destination, ignore ce qu'il cherche exactement dans la fraîcheur du soir, dans le tranquille ennui de cette banlieue où il a vécu et élevé ses enfants, et qui lui apparaît comme un univers radicalement étranger aujourd'hui. Sitôt que je l'ai repéré, j'avance et lui prends le bras avec douceur, m'adressant à lui comme s'il était tout naturel de se retrouver là, entre une boulangerie fermée et une barre d'immeubles plongée dans l'obscurité. J'essaie d'adopter un ton rassurant, une voix ferme et calme à la fois. « Tout va bien, papa, tout va bien… Ne t'inquiète pas. On va rentrer, maintenant. On sera bien mieux à la maison, tu verras. Il fera meilleur et puis on te préparera un bon thé pour que tu n'attrapes pas froid. D'accord ? Il faut juste que tu viennes avec moi. Maman t'attend… »

Mon père ne me reconnaît pas – dans l'espace-temps où il se trouve alors, je n'existe pas, je n'ai jamais existé –, mais il se laisse faire. Parfois, il me prend pour quelqu'un d'autre, un personnage de sa jeunesse dont il n'a pas eu le temps de m'exposer la vie, et je dois alors converser avec lui en vietnamien, rassemblant comme je peux les quelques bribes que je possède de cette langue. Régressant toujours plus, mon père a perdu la faculté de parler et de comprendre le français. Seule sa langue maternelle résiste encore. Même si ce qu'il dit n'a pas toujours de sens – il lui arrive d'inventer, de confondre et de fusionner des mots. À ce qu'il me semble, du moins, car ma pratique du vietnamien a presque été réduite à néant après la mort de ma grand-mère, il y a des années de cela. Mon vocabulaire, ma syntaxe, ma vision du monde en vietnamien datent de mon enfance. Dans cette langue, qui reste malgré tout la première que j'ai parlée – et ce depuis le *ngua* (« cheval ») apparu dans le sillage d'un tableau laqué –, je suis et resterai toujours une enfant. Assemblant péniblement des lambeaux de phrases bricolées, bredouillant un discours criblé de fautes et d'impropriétés pour ne pas avoir l'air d'esquiver les propos eux-mêmes incohérents de mon père. Nous sommes tous deux pris au piège d'un dialogue qui n'en est pas un, pareils à deux échappés de la tour de Babel dont les discours suivent des droites parallèles qui jamais ne se rencontreront.

Pour l'instant, je me souviens.

Je me souviens de la douceur infinie du regard de Buffle quand je passais ma main sur son dos, de l'éclat du jour se levant sur la mare aux lotus, du bruissement de la soie contre l'air quand Sun lançait nos cerfs-volants à l'assaut du ciel. Je me souviens des protestations ensommeillées de Thinh quand nous le tirions du lit pour l'entraîner dans nos jeux, des tirades enflammées de Linh sur l'estrade du lycée, des fleurs de jasmin que Hoai aimait à piquer dans ses cheveux et dont nous respirions les senteurs délicates quand nous marchions à ses côtés.

Je me souviens que j'avais prévu de revenir au pays à l'issue de mon doctorat, que je l'avais promis à Linh et que ce n'est que lorsqu'on m'a parlé des possibilités qu'offrait mon diplôme que j'ai changé d'avis. En trois ans, m'étais-je dit, j'aurais mis de côté de quoi acheter la belle maison dont ma mère avait toujours rêvé. Une maison à nous, comme lorsque nous habitions la ferme. Tous ensemble – tous en vie. C'est à cette décision, ce hasard plutôt, que je dois de ne pas avoir connu le même sort que mon cousin.

Je me souviens que quand vous êtes nées, toi et ta sœur, je me suis juré de vous donner tout ce à quoi je n'avais pas eu droit. Une vie douce, paisible, confortable, que nul fantôme, nul remords, ne viendrait hanter ; une existence sans ombres ni tourments, pareille à une page vierge. Vous n'auriez rien à faire d'autre que d'écrire votre histoire, sans devoir souffrir d'aucun poids, d'aucune entrave. Mes chaînes n'étaient ni ne seraient jamais les vôtres.

Je me souviens du désarroi dans lequel m'ont plongé tes questions concernant mon passé. Ta sœur, elle, n'avait pas le moins du monde manifesté le désir de regarder en arrière. Elle n'avait pas de regrets, ne connaissait pas la nostalgie, tandis qu'une sourde mélancolie t'envahissait à intervalles réguliers, dont tu ne parvenais pas à déterminer la cause. Parler avec moi t'aurait permis de cerner ce qui te troublait, peut-être. Mais j'avais du mal à m'y résoudre. À quoi bon revenir sur ce qui n'était plus, replonger dans le sang et les larmes, ramener au jour les blessures que les années avaient enfouies ?

Ces conversations qui ne mènent nulle part, dans une langue qui se rebiffe, me renvoient irrésistiblement à ce que j'ai ressenti lors de mon premier voyage au Viêtnam, au lendemain de la libéralisation du régime. Pas un instant je ne me suis dit que je rentrais « chez moi » : je savais que le Viêtnam n'avait rien à voir avec un hypothétique « chez-moi » dont j'aurais été privée par les aléas de la guerre, de la destruction et de l'exil. Chez moi, c'était une grande maison de meulière en banlieue parisienne, avec un salon où trônait un piano laqué noir sur lequel je prenais des cours tous les mercredis, une véranda inondée de lumière, un jardin où poussaient le prunier et le cerisier plantés à ma naissance et à celle de ma sœur. C'était le lieu où nous dormions chaque soir et nous réveillions chaque matin, celui où nous jouions et nous disputions, celui où nos parents nous lisaient des histoires, riaient avec nous, nous grondaient parce que nous n'avions pas été sages.

Le Viêtnam représentait tout autre chose à mes yeux : une chance d'appréhender une réalité lointaine et à demi oubliée, presque un mythe. J'imaginais que nous arpenterions de sublimes décors : jungles dissimulant des oasis, cascades murmurantes, rizières inondées, plages poudrées de mica et ombrées de cocotiers, grottes féeriques creusées dans les roches noires de la baie d'Along, pagodes voilées de soieries et ornées de dragons, résidences à colonnades bordées de vergers – vastes et vertes étendues où hévéas, bananiers, aréquiers, jaquiers, mandariniers, pamplemoussiers et théiers entremêleraient leurs branches et leurs parfums. Je croyais que toute chose aurait là-bas une saveur plus profonde et plus riche, que le soleil brillerait plus haut, que l'eau y serait plus pure, que tout serait plus beau, plus grand, plus coloré. Je croyais que le simple fait de me trouver en ces lieux affinerait mes sens, jusqu'à leur donner une acuité nouvelle, et me permettrait de les apprécier dans chacune de leurs nuances – dans chacune de leurs perfections.

Cette vision a été mise à mal dès l'atterrissage à Saigon. La ville était à l'image du reste du pays : désorientée par la tournure des événements, elle avait peine à se désengluer du passé pour se projeter dans l'avenir. L'ouverture économique la laissait hésitante, immobile encore, se contentant d'offrir au regard des rares touristes des bâtiments lézardés et des avenues désertes sur lesquelles se déversaient parfois des pluies torrentielles, trop brèves cependant pour rafraîchir l'atmosphère surchauffée qui nous exténuait au bout de quelques pas. Des fils électriques pendouillaient tristement sur des poteaux branlants. Il n'y avait pas ou peu de commerces ouverts. Aucune voiture. Deux ou trois scooters qui slalomaient entre les vélos. Chaque coin de rue ou d'immeuble semblait sur le point de s'effriter comme la cendre d'une cigarette. Les passants erraient en somnambules, apathiques et désœuvrés. Les trottoirs bordant les édifices en ruine n'avaient pas été plus entretenus que la plomberie des palaces qui accueillaient autrefois de riches colons, des hommes d'affaires de passage, et plus tard des journalistes venus des quatre coins du monde pour couvrir les conflits qui succédaient aux conflits, comme des dominos s'entraînant les uns les autres dans leur chute... Dans les chambres d'hôtel encore habitables, mais inhabitées depuis des mois et des années, les moustiquaires alourdies par la poussière et les ventilateurs au plafond ne palliaient ni la climatisation défaillante ni les fenêtres qu'on avait autant de mal à ouvrir qu'à refermer.

Je me sentais perdue en cette contrée qui ne me ramenait à rien de ce que je connaissais, aimais ou attendais. Le manque d'hygiène, l'absence de confort, les signes de pénurie et de pauvreté, de misère même, me heurtaient, alors que mon père n'y prêtait aucune attention. Quelque chose de lui appartenait à ce monde auquel je restais extérieure, qui s'enracinait dans ce passé dont je ne savais presque rien et transparaissait dans mon rapport à la langue vietnamienne – celle-ci me maîtrisait plus que je ne la maîtrisais, tandis que mon père la pliait avec naturel à sa volonté. Craignant de commettre un impair, je préférais souvent garder le silence pour masquer mon embarras. Mon père au contraire s'exprimait avec une chaleur et une verve que je ne lui avais jamais connues.

Je croyais qu'il avait toujours été adulte, mince et bronzé, avec cet air de bonté souriante, presque candide, qui patinait des traits réguliers à peine marqués par la quarantaine, avec ces yeux d'un noir profond aux reflets bleus, comme la mer une nuit d'été. Je croyais qu'il avait toujours été la voix qui me félicitait pour mes bonnes notes et me sermonnait en cas de sottise, la main qui tenait la mienne au parc, caressait mes cheveux et me conduisait chaque matin à l'école, les genoux sur lesquels je me perchais à la moindre occasion, les bras qui m'entouraient et me protégeaient en toutes circonstances, le baiser déposé sur mon front au moment de me coucher. Le séjour m'a laissé entrevoir quelqu'un d'autre. Quelqu'un qu'il avait été, qu'il était encore et qui se sentait peut-être plus à son aise dans ce pays exsangue, où personne ne me comprenait, que dans la maison où j'avais grandi.

Voilà pourquoi j'ai si longtemps hésité à vous amener au Viêtnam, ta sœur et toi. Je me demandais dans quelle mesure vous étiez prêtes à découvrir cette terre qui était la vôtre sans vraiment l'être. En aviez-vous besoin, au fond ? J'ignorais, j'ignore encore la réponse à cette question.

Pendant les trois semaines passées là-bas, j'ai vu au regard que mes anciens compatriotes posaient sur moi que certains détails dans ma contenance, ma façon de m'habiller et de me comporter, indiquaient quelqu'un venu d'ailleurs. Quelqu'un d'autant plus étrange, ou étranger, que je leur ressemblais et parlais sans accent, dans une grammaire et une syntaxe impeccables. Dès que je voulais acheter un éventail, un chapeau, une bouteille d'eau, on me proposait systématiquement de payer le double du prix. Tous me prenaient pour un touriste japonais – avant de découvrir, avec étonnement, que je les comprenais.

L'impression née de ce premier voyage ne m'a jamais quittée : par la suite, je me suis toujours demandé si mon père, enfant réfugié, parent pauvre, étudiant étranger, travailleur expatrié, touriste en son propre pays, s'était jamais senti à sa place quelque part. Mon père qui avait obtenu grâce à ses brillantes études ce que Samia n'avait pu obtenir par ses performances sportives. Mon père qui avait eu la force qui avait manqué à Thinh, la chance qui avait manqué à Hoai, le réalisme et la lucidité que Linh avait sacrifiés à ses idéaux. Mon père qui avait été à la fois un voyageur malgré lui et un homme pour qui le voyage était devenu la vie, comme Albert dont il connaissait les mêmes absences, ne croyant pas plus que le premier fugueur, au fond, à un ailleurs où il aurait pu être libre et heureux, bien qu'une part de lui y aspirât de toute son âme… Mon père dont les moments d'éclipse, tantôt charmants, tantôt agaçants, s'étaient étendus jusqu'à recouvrir et consumer entièrement son esprit, sa mémoire, sa personnalité, ne laissant qu'une coquille vide que sa femme et ses filles avaient dû se résoudre à confier à un établissement spécialisé – celui où il est mort il y a presque deux mois aujourd'hui.

Mon avion a atterri à Roissy depuis plus d'une heure et je continue de remuer ces pensées, le manuscrit des *Aliénés voyageurs* ballottant dans ma sacoche, tandis que je passe les douanes et récupère mes bagages, monte dans le RER, grimpe dans l'ascenseur de mon immeuble et entre dans mon appartement. Je le balaie du regard. Tout semble en ordre. Ma sœur a relevé mon courrier, comme nous en étions convenues, et je commence machinalement à le trier, malgré la fatigue, quand mon attention est attirée par une grande enveloppe où est seulement indiqué mon prénom. Je reconnais l'écriture de mon aînée, qui a dû la déposer pendant mon absence et y a joint un petit mot où elle dit qu'en rangeant la maison, ma mère et elle ont trouvé ce paquet qui me revient. Déchirant l'enveloppe, j'en sors avec étonnement une deuxième. Elle porte de nouveau mon prénom, et mon cœur manque un battement quand je le déchiffre : cette fois, c'est la main de mon père qui l'a écrit. À l'intérieur se trouvent le vieux carnet à rabat rouge dont je m'étais autrefois munie dans l'espoir de noter ce que me dirait celui à qui je devais la vie, ainsi que la cassette étiquetée « Papa » qui avait résulté de mon échec. La gorge serrée, je la glisse dans un des vieux appareils qui encombrent le salon. Cela fait bien longtemps que je n'ai pas eu l'occasion d'écouter le silence de mon père.

Au lieu de quoi, c'est sa voix qui se fait entendre.

Line, je ne sais pas si tu te souviens que lors de notre séjour au Viêtnam, toi qui avais toujours été si curieuse, tu t'es tue, affichant seulement un sourire quand on t'adressait la parole. J'ai songé que j'avais peut-être fini par te transmettre l'instinct du silence, de la même façon que je t'avais transmis mes yeux, ma bouche et mes mains. Ou alors que tu en avais pris l'habitude, à force de me voir faire… Tu ne m'as posé qu'une seule question à la toute fin du voyage : pourquoi ne vous avais-je pas montré les maisons où j'avais habité. Celles où j'avais grandi, à Thai Binh, à Hanoï et à Saigon. Celle de mon enfance, surtout, dans le village où j'étais né et où j'avais vécu avec Sun, Buffle, ton grand-père et ton arrière-grand-père. Je n'ai pas répondu parce que je ne savais pas quoi répondre, alors que j'aurais simplement dû dire la vérité : parce que ce n'était plus chez moi.

Remerciements et précisions

Merci à Alexandre, sans qui ce livre n'existerait pas. À Alix, qui l'a poussé aussi loin qu'il pouvait l'être. À tous ceux qui m'ont lue et encouragée au moment où j'en avais grand besoin, Miriam, Patrice, Robert, Isabelle, Carole, Thomas, Laurence, Tâm. À Gilles et Teresa pour leur soutien. Merci, enfin, à l'équipe des Lettres nomades (www.escalesdeslettres.com), à qui je dois la résidence pendant laquelle j'ai entamé *Voyageur malgré lui*, et au CNL pour son aide financière.

Je prie les lecteurs vietnamophones de m'excuser pour les libertés prises avec la signification de certains prénoms.

Pour en savoir plus sur Albert Dadas, Philippe Tissié et les « aliénés voyageurs », on consultera avec profit *Les Fous voyageurs* de Ian Hacking, Les Empêcheurs de tourner en rond, 2002.

Cet ouvrage a été imprimé
en juin 2014 par

FIRMIN-DIDOT

27650 Mesnil-sur-l'Estrée
N° d'édition : L.01ELJN000621.N001
N° d'impression : 123206
Dépôt légal : août 2014

Imprimé en France

Cet ouvrage a été mis en page par IGS-CP
à L'Isle-d'Espagnac (16)